如冰 少则得 等著

人生
是一次
独自朝圣的
旅途

新世界出版社
NEW WORLD PRESS

图书在版编目（CIP）数据

人生是一次独自朝圣的旅途 / 如冰等著. －－ 北京：新世界出版社，2014.8
ISBN 978-7-5104-5158-4

Ⅰ. ①人… Ⅱ. ①如… Ⅲ. ①散文集－中国－当代 Ⅳ. ①I267

中国版本图书馆CIP数据核字(2014)第167120号

人生是一次独自朝圣的旅途

作　　者：如冰　少则得　等著
选题策划：麦田时光文化
封面设计：尚书堂
责任编辑：刘丽刚
责任印制：李一鸣　程国鑫
出版发行：新世界出版社
社　　址：北京西城区百万庄大街24号（100037）
发行部：（010) 6899 5968　（010) 6899 8705（传真）
总编室：（010) 6899 5424　（010) 6832 6679（传真）
http://www.nwp.cn
http://www.newworld-press.com
版权部：+8610 6899 6306
版权部电子信箱：frank@nwp.com.cn
印刷：北京市通州运河印刷厂
经销：新华书店
开本：880×1230　1/32
字数：160千字　印张：8
版次：2015年1月第1版　2015年1月第1次印刷
书号：ISBN 978-7-5104-5158-4
定价：32.80元

版权所有，侵权必究
凡购本社图书，如有缺页、倒页、脱页等印装错误，可随时退换。
客服电话：（010) 6899 8638

目录

遥祝理想不死
文/伊心

还记得楼下等你的少年吗?…010　你必须守住内心的火焰…013　真正的英雄,从来不问出处…018　你清澈笃定的内心哪里去了?…022　年轻不设限…026　实习教给我的事儿…029　从未后悔和你相遇过…033　我们多少都往前走一段…036

PART 1

终识得"半生瓜"
文/如冰

心智…042　追R记…044　谢谢他们曾这样对我…053　不差这会儿…059　那个让你漂泊的城市…062　祭那一刻…065

PART 2

PART 3

不要因为走得太快，忘了一开始的方向

文/少则得

世界是自己的，与他人无关…070　　你想幸福谁都拦不住…073
路远就早点儿出门吧！！…076　　不争，也有属于你的世界…079
完善自我的过程…082　　如果你渴望前行，就不会停下脚步…085
不要因为走得太快，忘了一开始的方向…088　　活到点子上…092
未来的你 是现在的你所造…095　　给自己一个机会…098

PART 4

让生活适应你

文/王迳迳

白人社会中的亚洲人…106　　一个独立的女性…110　　为什么女性不幽默…116　　学校是给蠢人的…120　　我们为什么急着长大？…123　　我是如何成为一个厚脸皮的不完美主义者的…127　　如何治愈你的焦虑：别什么都想要…137　　爱情真是件一辈子的事…142

浅谈

文/Ricas

PART 5

原来我没有成为你的朋友，我只是成了你的人脉…146　无论流徙到何种穷山恶水，都要尊贵地活得像自己…148　可怕的不是一个人，而是一个人却不懂得好好生活…150　没关系，只要你还活着，就还来得及…153　人生不允许哭泣…158　做一个有情有义的人会比做一个寡淡漠然的人更疲累…163　若无法遇到一个对的人，选择一个人去生活会更自在…165　别把你的坦率真诚说给那些不相关的人当作荒唐无稽的笑话…167　你爱的人不爱你，爱你的人你不爱他，这不是巧合，而是常态…169　人可以活得透彻，但别忘了快乐…171　你要懂得，只有努力过、争取过的人生才算得上人生…174　你没有他们那样的家境和天赋，所以你要比他们更加努力…177

我们都曾经历悲伤
文/婉艺

PART 6 行走世间，全是怪人…182　现在所拥有的一切，我们都没有资格挥霍…188　请原谅我爱你不能超过爱自己…196　致我那曾经无所适从的安全感…202　别以为你有多与众不同…206　每个人都在言说自己…210　真的不需要有人为你颠沛流离…216　做别人无从替代的你…220　女汉子的素质，小娇羞的情怀…224

最好的自己
文/狸奴老妖

PART 7 世界上最美的相逢，从来都是相互共赢…230　要自己足够好，才能担得起更好的…234　是的，我不想做一个自己都看不起的人…238　你的人生是你自己的，除了你没有人有义务为你负责…243　努力、在一起和相互喜欢都不是一回事…246　与其不停地羡慕别人，不如踏踏实实地走自己的路…250

文●伊心

遥 祝 理 想 不 死

像尼采说的,"在自己的身上克服这个时代"。克服它的混浊、粗粝、不近人情。克服它的嘈杂、不公、狼烟四起。克服它让我们燃烧了万丈豪情又用一场场冷雨浇熄的任性。

像刘瑜说的,"你必须守住内心的火焰"。管那微弱的火焰是最渺小还是壮阔。

你要比我更加相信,在这条光荣的荆棘路上,星星之火,可以燎原。

还记得楼下等你的少年吗？

新认识的小朋友才读高三，和班里男孩子早恋，寒假手拉手走在商场里，结果迎面撞上了一起去逛街的父母。两人震怒，将她禁足在家，通讯工具全部没收。女孩可怜巴巴地写检讨，被要求深刻反省上次模拟考成绩下滑的原因。开学第一天，男生傻乎乎地站在她面前说，我几乎每天都骑车去找你。女生很惊诧，刚想否认，男生又有点儿委屈地说，我不敢上去找你啊，站在你家楼下，看几眼你房间里的灯光就够了。女生憋了一眼睛的泪，回头发邮件给我说，你信不信啊姐姐，他这样感动我。

作为被找来督促她学习的人，我实在是没法回答这个问题，但我大概是信了。有一个老朋友高中时也做过这样的傻事。不敢去找暗恋的女生表白，暑假里知道她每天有固定的散步时间，于是一有空就"路过"她家楼下，以期一场又一场意外的邂逅。事情当然不那么顺利，他不是无功而返，就是看见她和父母一起只好远远地逃开。为数不多的几次，他顺利地遇见她，打个招呼，又不敢多说几句话，只好尴尬地告别，在相反的方向上走一会儿又飞快地奔回来，看着她的背影走一段寂寞惆怅的路。很多年后他们还是没能在一起，可是醉酒微醺时，他说起少年旧事，仍然感叹那个夏季傍晚一点点斜沉的夕阳，还有她终于出现在视线里时心底一刹那的慌乱和惊喜。

大学里的同学，男友是高她一级的学长。同学很磨叽，但每次他在楼下等到她，她问你来了多久了，他都说我刚来啊。女生比较粗心，也从不觉得自己动作太慢。后来不知同学在哪本言情小说或是偶像剧里看到了类似的桥段，才知道他每次都等她很久。男生毕业离校那天，她红着眼睛在宿舍收拾东西，一件衣服两本书在手里折腾了不知几趟。我都为他着急，不停地催她，可她泪流满面地跟我说，他以后再也不会在楼下等我了。

我们的大学校园既空旷又安静，宿舍楼下的树木浓密沉静，最适合做离歌的背景。所以我至今都记得她粉白裙子和他深色衬衫的背影，在那段树影斑驳的路上愈走愈远，直至更心有戚戚的人生。

也许是因为快要毕业了，校园里的一切好像都散发着让人迷醉的气息。很多琐碎的细节像温柔的光源一样又亮了起来。那些真诚的时光好像正临末日的倒计时。有人愿意说"用我炙热的感情感动你好吗"，也有人愿意回答"路途遥远，我们在一起吧"。

住同一层楼的女孩,一起坐电梯下楼时经常打电话打不通,所以一出电梯门就一边跟我说再见一边飞快地跑出去,生怕他多等一秒。

学弟每次送学妹回来,一直看着她走进宿舍楼、刷卡然后消失在楼梯口,可女生从未回头看过。我问他为什么不表白啊,他说怕表白了连朋友都没法做了。

忘了是谁说过,我对你的眷恋,都是很小的事情。是啊,在数不尽的时间里,在日日重复毫无新意的每一天里,我对你的眷恋,甚至怀念,都是很小的事情。在偶像剧之外的平凡人生里,爱的本质也许不过是会心一笑的刹那、心有灵犀的一瞬、热好的早餐牛奶或者一个担心焦虑的电话而已。

但愿每一段短暂的漫长的沉默的坦诚的心意都能为人所知,被珍视记取,被小心安放。他了然于心,你念念不忘。

你必须守住内心的火焰

1.

回想当年,我是一个灰头土脸的高中生,而尹总是一个光鲜亮丽的高中生——长发如海藻,肤白眼大,腰细腿长。她发表班长竞选演说时落落大方,让讲台前穿着臃肿校服掰着手指头算几何题的我自惭形秽。我至今仍然记得那天下午竞选时她说的那段话,她说,每个人都是带着棱角的石头,但唯有相互磨合,让彼此的棱角恰好能找到合适的位置安放,才能真正让我们成为一个团队和集体,因此我希望自己的角色能够像一个居委会大妈一样,为你们每个人协调矛盾,找到放置棱角的位置。

后来尹总果然顺利当选班长,将各项班级事务处理得井井有条。更让我自惭形秽的是,如今十年都快过去,我仍然无法说出当年她说过的流畅清新的那段话。所以我隐隐约约便知道她会有大作为。

再后来高中毕业，我们数年不见。中间我一直读书，尹总毕业工作，遇到过刻薄刁钻的客户、冷嘲热讽的同事和蛮不讲理的老板，刚工作时多少次深夜在电话线中找旧友痛哭，第二天面不改色早起上班。我觉得尹总最大的优点是勤快，在第一个工作单位比保洁阿姨到得还早，每天早晨把门里门外拖得一干二净，全是额外付出。领导偶尔早来，总见她窗明几净背景下的劳动背影。领导见一次以为是偶然，次数多了发现姑娘日日如此，赞赏有加。该干活干活，该吃苦吃苦，努力走，不抱怨，这就是她。

尹总说自己最大的遗憾就是学历不高，所以她家书桌上书快摆成了长城，从道德经到美术史。因为这，我总觉得上帝公平，没给她高学历，但却给了她敢拼敢闯的勇气，也给了她随时随地谦逊好学的品格。学历可以弥补，但是那些心底的质地让她注定能比我们走得更远，更开阔。

尹总最后一次辞职，要自己创业时，我在她家里帮她写文案，短短两千字，没几个月，尹总竟将它变成了现实。国画大师帮她将公司取名"铂云堂"，出售文墨字画、红木家具，啧啧，高大上。我可以预见那个即将在这个宏阔城市占据一席之地的小公司，有尹美女坐镇，守着书画墨香，茶香袅袅，美不胜收。

你看最后的最后，尹总终于成了尹总。

我也终于不再是一个灰头土脸的高中生，而是一个灰头土脸的待业研究生了。

2.

十月底的一个周末，辗转两个城市来来回回参加了数场笔试，疲累不堪。周日晚高中同学小聚，大排档里吃麻辣龙虾，让人简直忘了那晚的月黑风高和秋意深凉。

卢慧儿和男友很亲密，我看着她眼眶潮湿。想起上一个春天，我们在冰冷的大街上走啊走，身边车如流水，我不知该怎么安慰她心里的破碎和酸楚，只能说些诸如"真爱不可耻"或者"时间会治愈一切"之类苍白无力的鸡汤话。

所幸爱情自有天意。

和硕同学高中毕业之后就再没见过。我不禁感慨："六七年前硕同学在考试，我也在考试。六七年后，她都要当妈妈了，我特么还在考试！"一桌人哈哈大笑。是的，硕同学怀胎六月，但是拍着桌子大叫大骂的语气神态跟高中时骂班主任一模一样，旁边孩子他爸眼神宠溺，帮她端茶倒水，羡煞旁人。近十年过去，我仍在校园，她们结婚生子，愈走愈远，开始聊新房装修、婆媳矛盾和妯娌关系，我难以插话，但作为旁观者已觉得温暖无比。生活让我们一路颠簸，带走了纯白的校服、演算纸和成绩单，带走了所有女儿家的幻想寄托，但是终究让她们在莽莽人间找到了相伴一生的那个人，开始担当为人妻子沉甸甸的甜蜜负重。

晚上我们去尹总家住，她将薰衣草枕头拍软了递给我，窗外灯影朦胧，窗内静谧暖实。所有的朗朗笑声还绕在梁间，好似我们还在十几岁的少年时，初心仍在。

那句话怎么说的，世事苍茫，幸有美食与好姑娘不可辜负。

3.

第二天清晨，七点钟醒来，扑鼻草香，我睡意朦胧中尹总已经接了数个电话，谈妥了几笔买卖。我坐着早晨最拥挤的那趟公交车回到学校赶一场宣讲会，深秋的雨噼里啪啦落下来，高跟鞋在西裤上甩出一个个狼狈的泥点儿，咔哒咔哒的，小心翼翼地走着，一如等待检阅的心情。可进门便遇人山人海，精心描绘的妆容没人看，泥沉大海般的简历更没人看。

你不知道，在所有成长的困境里，我一直囿于这样的困惑：寒窗苦读二十年，职业却不过始于银行流水线上的一个点钞员，或许会在日复一日的体力劳动与虚情假意的觥筹交错中消磨掉所有清澈的追寻与漫长的构建。是我选错了专业，是我仍然不够优秀，还是世界原本便是如此？

可，可人生苦短，哪由得这般困惑，一不小心困惑变成蹉跎，还不如在能改变的时候改变，能跳跃的时候跳跃。更何况全中国乃至全世界都面临着这般那般的困境，多少人战场丧生，多少人众叛亲离，多少人连追寻的机会都无从得到，我们何以柔弱至此。断不至于在困境里沉沦，更不至于在困境里丧失自我。

像尹总一样，要有咬碎钢牙和血吞的忍耐，也要有愤然出走的勇气。要有拼命适应环境的韧性，也要有摸索着创业的果敢。

总有一天，该有的总会有，该来的总会来。
来，干一杯，遥祝理想不死。

像尼采说的，"在自己的身上克服这个时代"。克服它的混浊、粗粝、不近人情。克服它的嘈杂、不公、狼烟四起。克服它让我们燃烧了万丈豪情又用一场场冷雨浇熄的任性。

像刘瑜说的，"你必须守住内心的火焰"，管那微弱的火焰是最渺小还是最壮阔。

你要比我更加相信，在这条光荣的荆棘路上，星星之火，可以燎原。

真正的英雄,从来不问出处

1.

最近在办公室值班,见到W老师的次数越来越多。W老师个子不高,背着电脑包低头走路的时候很像个认真读书的小男生。

上半年,W老师给我们讲了半年的高级计量经济学。他不用多媒体课件,每次都上蹿下跳地板书,把数学推导写满一块又一块黑板。我堪称数学白痴,每次看到一堆数学公式都头晕脑胀,于是很多节课都在发呆走神手机游戏中白白地流逝了。

我是前几天才听朋友讲起了W老师的故事。

十几年前,W老师才上中专。不是211,不是985,是初中毕业即可就读的中专学校。我不知道他读的是什么专业,但是没上过高中的他不久之后便通过类似于成人高考或者自考的方式考取了一所本科院校的英语专业。这所学校也只是一个普通的二本,在省内都排不上好名次。本科毕业之后,他去了一家外企从事英语翻译工作,一度辞职创业,在社会的洪流中摸爬滚打。一番风雨磨砺之后,他还是很想读书,于是在毕业几年之后毅然考研,回本科学校读了英语专业的研究生。但他却慢慢地发现自己的兴趣并不在英语,而在经济,于是又毅然考博,成为一所国内排名前十的名校的博士,师从计量经济学界泰斗级的著名学者。博士毕业之后,他顺利地来到另外一所985学校任教,不久之后便获得副教授职称,现任硕士导师。

我们从来没想过年仅三十岁的他背后曾有过这样的故事。从中专生到博士学位,从英语到数量经济学,从名不见经传的普通学校到名校的副教授,你不能称这个故事是"一个屌丝的逆袭"。因为,这十几年间,他走过的路,每一步都踏踏实实,连一条捷径都没有。

没有坚持自己内心的勇敢,他不可能在考博时坚定不移地换了专业;没有对学术虔诚的热爱,他不可能走入社会几年之后又重回校园;没有魄力与毅力,他不可能拿到名校博士学位。

我们抱怨他布置的课后作业太多时,他说,我读博士的时候这本书的每一道课后题都做了,你们还嫌作业多?!于是我想到,读博士前,没有上过高中,本科又学英语的他需要自学全部的数学课程。这让自认为是文科生,一遇见数学问题就消极放弃的我甚是羞愧。

再看到他翻译得通顺严谨的计量经济学书籍,再看到他写了满满几块黑板的模型推导与定理证明,我觉得自己从未如此敬佩过一个人。

你看，真正的英雄，其实不问出处。

2.
这么长时间以来，我们看惯了牛人们的成长经历和学历背景。前段时间，我甚至看到了这样一段话———一个新生问学长："你说我要不要加入学生会呢？"学长问过他的学校名称之后回答："有用吗？这么差的一个学校。"

我相信高考是筛选人才的利器，但绝不能以此来评判一个人未来的道路，也绝不能因此放弃创造与改变。

我的导师本科也只是一所普通的一本院校，但后来实现了研究生到人大博士到早稻田大学的三级跳，二十七岁便成为副教授，发表了一摞牛哄哄的论文。我一直以为他靠的是天赋和对经济学与数学的直觉，但是读研这一年来，我看到的是他无时无刻不在钻研文献的认真态度。虽然平时不用代课，但他却每天都保持着和学生一样的作息习惯，甚至每晚九点半之前都在办公室里看书学习。即使是在美国做访问学者的半年间，他还时常督促我们。"年轻正是应该努力的时候，我们总得为自己留下点儿东西。"这句话曾在十二月清冷的午后，让我感慨良多。

那天上课，老师讲起文章的写作，很认真地说了另一句至理名言："你要写出无数差文章，才能写出一篇好文章。关键是，你写差文章的时候，不要放弃。"

这真是我听过的最有道理的写作哲学。

3.
以前曾经看过一个对钟南山院士的专访,他说他大年三十上午还在搞研究。我那时觉得不可思议,但刚读研我便听到S教授对他的学生说:"我平时工作时间比较长,一般一年中只休息除夕一晚上。"于是,我知道了课堂上他引经据典的睿智从何而来,也知道了他从容淡定的教风从何而来。

读研的这一年间,影响我极深的这些老师们,都是学术道路上最虔诚的行路者。他们走过的每一步,都有朝圣者叩拜的力量。他们引导学生的一点一滴,都有传道士授业的真诚。做学问不是一件容易的事情,在没有灵感时需要不断和自己的内心对话,在没有动力时需要随时与自己的惰性对抗。我感喟他们始终如一的热情,更感喟他们攀爬不止的耐力。

时至今日,我仍然相信"一分耕耘一分收获"是最朴实的真理。不管出处如何,我们都能乘着这个真理的翅膀,变成自己的英雄,独一无二的英雄。

真正的英雄,从来不问出处。
真正的英雄,只问他一路从不懈怠的旅程。

你清澈笃定的内心哪里去了？

最近，一个也想考研的大三学弟经常和我联系。作为一个失败者，我自然是没有什么好的经验，但是从他身上，我明显地看到了自己曾经的影子。这些影子徘徊在三年前的秋天那些热血沸腾的夜晚里，徘徊在两年前的冬天深夜十一点一个人从自习室回宿舍的小路上，徘徊在一年前的春天面对几个选择日复一日的纠结里。我看到它们排着队从过去走到现在，仿佛这几年的时光只是一个转瞬。

我又想起去年冬天发生的一件事。考研结束之后，我曾在博客上写过一篇很长很长的五道口考研纪念文。去年冬季的一天，和班里的另外一个姑娘聊天，她自中山大学考财科所失败，和我一起调剂到了我们学院。那天，她跟我说，我看了你博客里的那篇文章，你记不记得有一句话你写了三遍？我一脸茫然地摇摇头。那时候，我已经把那篇文章忘记了，绞尽脑汁也想不起来是哪句话让我写了三遍。那是一个再平凡不过的冬日，温吞吞的阳光透过老师办公室的玻璃轻柔地照在她的脸上。她说,你那句写了三遍的话是"那是我们为梦想不懈奋斗的年华"。

那天晚上,我在网上跟朋友疯狂吐槽,但一百个安慰都没能赶走我心里深切的惶恐和难挨的焦虑。那天恰好看《时尚女魔头》,看到深夜起风的街头,内特忧伤地问安迪:"你清澈笃定的内心哪里去了?"

失眠的夜里,我躺在床上辗转反侧,在黑暗中睁着眼睛问自己,那个曾经住在我身体里的浑身燃烧着理想主义的热血青年哪里去了?她怎么走得头也不回?那些为梦想不懈奋斗的年华哪里去了?它们这么快就老了吗?

《时尚女魔头》的最后,安迪辞职离开了时尚杂志《天桥》,回到了更符合她初衷的《纽约镜报》。我也很想找回原来的自己,找回原来和安迪一样笃定的内心和勇敢的坚持。它们住在过去,住在我无法回去的少年时和大学里。

我无法让时间逆转,也无法改变我曾经放弃曾经坚定地追求而屈从于现实的事实。我只能向前看,找回那些曾经藏在我灵魂深处的梦想,然后重新开始"为梦想不懈奋斗的年华"。

这两个月我非常忙,大概是我这辈子过得最兵荒马乱的两个月。除了要准备火烧眉毛的注会考试,研二的选修课仍为数不少,导师更是砸了不止一本六七百页的英文教材和各种各样的英文文献让我看,口口声声地催我"论文抓紧点儿论文抓紧点儿"。除此之外,我还开始了人生第一次真正意义上的实习，开始习惯了不睡午觉，忙得上蹿下跳的时候也有，熬夜做材料做到夜里三点第二天正点起床的时候也有。不过是短短的两个月，我便觉得生活真正展开了它万花筒的样子。很多孩子已经学会的基本的社会技能，我才刚刚起步；很多孩子已经接受并默认了的现实，我还在百般思索希望能从中收获裨益。总之，我不再是那个被父母宠坏，受不得半点儿委屈的娇气女孩，也不再觉得"察言观色"是个贬义词。我一直相信，即便社会已经千疮百孔，即便世界密布阴霾，只要保持自己的灵魂不被蒙上灰尘，只要坚持一颗清澈而笃定的内心，就至少可以让自己置身的世界完好无缺。

虽然这段时间我忙得像一个陀螺，但我还是坚持对自己说"有些事你现在不做，一辈子都不会做了"。作为一个拖延症重度患者，为了让自己过得更从容，最大限度地利用时间，我读了大量的时间管理的书，学会了写"To-doList（任务清单）"，一点儿一点儿地治好了拖延症。我还从被琐碎的生活挤得无处逃生的缝隙里写了很多文章——各种各样的书评影评和无病呻吟的小诗歌。

我逼着自己做这做那，因为怕未来的自己会后悔，会遗憾那些与自己擦肩而过的好机会。而正是在这样的过程中，我更清晰地听到了梦想萌芽和生长的声音，看到自己在一步一步地完善，走向想要的世界。

写下这篇日志的这个时刻，我在北京，俯瞰这座城市流光溢彩的灯火，它们曾是我一度心醉神迷的所在。大学的末尾，我曾耗用了一年的气力想要走进它,但最终还是回到了离家很近的一所大学。所以,我很想对学弟说,你不知道我有多羡慕你,羡慕你仍有追逐理想的时间,仍有错了再改的机会。我甚至愿用现世的所有安稳去换回我曾经破釜沉舟的勇气和孤注一掷的魄力,换回那个浑身燃烧着理想主义的热血青年。

所以,你仍然要坚持要无所畏惧。总有一天,你会发现,那些灰暗晦涩的日子,那些起早贪黑地背单词看专业课的日子,会变成一砖一瓦,将泥泞坎坷的土地,铺展成一条通往梦想的康庄大道,把未知的荣光一一检阅。

祝愿我们都有清澈笃定的内心,并带着它走过为梦想不懈奋斗的年华。

总有一天,我们会看到全世界的光。

年轻不设限

　　我最大的正能量源泉是一个肤白貌美的勤奋姑娘。姑娘就读于北京某高校的两年制金融学硕士，现在已经毕业，在某银行北京分行上班。在研一的这一年间，她做了如下事情：（1）专业排名前三，关键是最让我恶心头痛的高级微观经济学和高级计量经济学，都考了90+，其中一门甚至是95+；（2）考过了CFA的一级和二级，考过了CPA的五门；（3）学习之余还从从容容地实习着，两家公司都是全国排名靠前的券商。去年冬天，在如此严峻的就业形势下，姑娘也不免磕磕绊绊，在家乡省会城市拿到了一个相对较好的工作机会之后，家人劝她，回来罢了，何必强留北京。姑娘悄悄跟朋友说，我不是非得留在北京不可，但是我在北京读研这一年的收获，比我大学四年收获的都多，有时想想甚至比我前面二十几年的收获都多，这种成长的充盈感，让我舍不得放弃。

　　现在，从西藏毕业旅行回来的她已经入职。偶尔跟朋友絮叨，自己被分配到了某个不大景气的支行当柜员，刚刚工作，疲惫到一开家门就要睡倒在床上。我眯着眼睛，想她考研时每天早晨六点准时起床，雷打不动枯坐十二个小时的侧影，想她如今白衫西服正襟危坐地收过一沓钞票，熟练地操作业务的样子。我觉得即便如她所说，那是一个不大景气的支行，我也仿佛看到她的未来，一定是光芒万丈。

可能在更优秀的人眼中，姑娘的成绩简直是手到擒来。他们甚至不用视死如归地考试，便能顺利保研到名校，也不用拼尽全力地准备，便能拿到让众人羡慕嫉妒恨的工作职位。但是两年前，姑娘和我一样从大学毕业，之前的四年，我们在一个教室里，听同样的课写同样的作业，发同样的牢骚背同样的试题。两年之后的今天，我已经被她远远地甩在了后面，甚至只看到前面尘土飞扬，连人影都找寻不见了。那一片尘土背后，绝不仅仅是知识的匮乏和欠缺，我缺失的，还有迎难而上的勇气和挑战自我的追求。

以前不知是由于天生的惰性，还是恐慌挫败感，我习惯了给自己设各种各样的人生界限。譬如我就是不懂会计的记账思维，我就是不会期货市场上纷繁复杂的操作，我就是听不懂计量经济学的课……

越长大我甚至越学会了逃避，遇到不会的问题时总是用"反正以后也不会从事这个工作"或者"反正写论文也用不到那些理论推导"来安慰自己，找了各种各样的理由避开那些知识体系里的硬伤。我也不知道未来的生活和工作中，会不会因为现在的懒惰和逃避栽跟头，但是现在，我总算明白了，即使不栽跟头，我也差了别人太多太多。世界变得太快，别人都在一路飞奔，如果只有你止步不前，因为啰哩吧嗦的理由给自己找借口逃避学习和积累，你不仅会被同龄人甩在后面，以后更会有大批大批的后来居上者超越你的水平。那时候再后悔，就真的晚了。

大一时学院胡老师曾在开会时说："你们这个年龄的学生和青年，都可以被看作一棵成长中的树。如今对于你们来说至关重要的，不是关注那树枝有多繁盛，而是如何把根扎得更深。因为，只有根扎得更深更牢固，这棵树才能愈加挺拔茂盛。"那时候听不进去，觉得这道理谁不懂呢。如今呐，就是这个最简单的道理，我六年之后才明白。回头看自己摇摇晃晃的脆弱的根须和营养不良的枝干，只觉得辜负了当年老师的殷切教诲。如今，我开始努力弥补自己的知识缺陷，克服那些自我否定的消极思想，希望未来和整个生活，都变得积极起来。

年轻时决不能为自己设限，当竭尽全力汲取知识，尽其所能尝试新事物与新体验，一点一滴地积累生而为人的经验与教训。唯有如此，才能扎下牢固和坚实的根基，吸收养分，挺拔地成长。抛弃那些"我不行""我不会""我做不来"的精神细菌，去更广阔的人生里摸爬滚打吧！

实习教给我的事儿

因为直接上司是基金公司的渠道经理，我实习那会儿公司还没有客户信息管理系统，所以他安排给我的第一个工作就是将他名片夹里数不清的名片一张张地录入到excel表里，包括姓名、头衔、手机、固话还有联系地址。我对青岛的阴影便是从那时候开始的，因为为考注会复习得水深火热的同时我痛苦地录完了所有青岛客户的信息，当时还没有去过青岛的我对它每条街、每条路都记忆犹深。后来帮客户选礼品，做了近百页文档，文图俱备，经理拿给客户看，结果众口难调，修改的时间比做的时间都长。一天改一版，改到我再也不想打开那个word文件。后来开始自己跑客户，电话接通常遇客户不耐烦，被训斥也是家常便饭，我坐在电脑前，看着一整排的电话号码发呆，有时候拨出去又挂断，焦虑里带着一丝丝恐惧。

第二份和第三份实习都是在银行，更觉得遍历沧桑。作为一个曾在三个月内仅仅通过运动减肥三十斤，在长跑队和足球队里摸爬滚打了好几年的女生，我自觉不是一个惧怕吃苦的人，但是日复一日的体力劳动让我觉得生活下了一场又一场雷阵雨。站大堂的一个月，当真是一天从早晨八点到下午五点都在站着，每天一回宿舍便在床上将腿高高地吊起来，身体疼痛无法缓解。后来看李银河《以温柔优雅的态度生活》一书，她说自己二十多岁时漫长的几年都在内蒙古的农场上劳动，她用这么一段话述说了那种彻底的悲哀："心理学家认为，毫无意义的劳作对人的心理的折磨远胜过有意义、有结果的劳作，它能把人彻底逼疯，而我们的最美好的年华就浪费在这种毫无意义的劳作上。没有人能使我再轻易地相信什么。我们那一代人都喜欢小托尔斯泰的一句话：在碱水里浸三遍，在……这是从我们的皮肉上得到的经验啊！从此以后，我们偏爱从自己皮肉上得到的真理，我们不再轻信任何人。这是我人生的第一课，刻骨铭心，终身难忘。"虽然我的劳作远不如她的劳作辛苦，但是看到这一段话时，我仍然心有戚戚，要落下泪来。更何况，在银行已经完全变成服务行业的今天，作为一个没有任何地位的实习生，不仅要应付偶尔出现的刁钻客户，还要和银行里一个脾气巨差、对客户点头哈腰却对实习生吆五喝六的员工搞好关系。怎一个"难"字了得。今年8月份一整个月都在跑小微客户，家纺批发商场、建材市场、科技中心，鱼龙混杂，天气暴热，蒸笼一样的公交车，幸好，无论有多繁琐、多无趣、多艰难，这三份实习我都坚持了下来，善始善终。

朋友也实习，虽然每天不是见客户，但她打电话通知公司分支机构工作人员某某事情时，被厉声呵斥、被"啪"的一声摔电话也是家常便饭。她说："刚来实习的时候，我希望给我分的工作越多越好。如今，我只希望给我分的工作越少越好。我常常反思,这才只有一个月的时间,我怎么就变成了这样?"我们常常说,希望自己不要变成自己讨厌的那个人,但是事实往往是,我们真的这么快就变成了自己讨厌的那个人。

如今,我大部分同学刚入职就在银行坐柜。一个朋友感慨:"从小都在盼望数钱数到手发软的生活,如今终于实现了。"另一个朋友才毕业一个月便开始培训,定期考核排名,小键盘操作练得他右胳膊已经比左胳膊粗了。

李碧华的小说《潘金莲之前世今生》里,开篇写死后的潘金莲提着流血头颅、捂着已成血窟窿的胸口走在无数魂灵赶着去投胎的黄泉路上,孟婆唤住她,强递一杯茶汤。潘金莲接过喝一口,怨:"这茶,又酸又咸。"孟婆道:"人情世事,不外又酸又咸。"由书改编的电影里此语更为凝练,眉眼恶板的孟婆厉喝:"世事皆又酸又咸。"——惊醒世人千万。

于我而言,实习更是又酸又咸。想必对于大多数的我们都是这样的。原本对工作幻想颇多,心底里有万丈豪情,结果一巴掌被拍死,发现现实何止骨感,简直是骨瘦如柴。不被认可,不被重视,不被另眼相看,随时被调遣,无处不在的忽视,令人没有任何存在感。

现在想想,实习时遇到的那些事和那些小情绪,于今后的正式工作，乃至更漫长的人生而言，简直微不足道。但是如今回头看，我仍然不忍苛责当时的自己，因为在所有的理想破灭之前，在对现实境遇司空见惯之前，自己那些微妙的小脾气、那些电闪雷鸣般的挣扎，或许是成长中独有的印迹。

只是那些酸与咸原不是教我们要苦大仇深，对生活板起一张又怒又威的脸。而是，甘之如饴地接受它如流水漫过的波折、栀子叶一般的清凛和撩拨心弦的苦涩。

居低位要有大气象，不要因为被忽视、被遗弃而放弃内心的塑造；甘于做小事，善于做小事，即使是打印文件也要打印得又快又好；时刻满怀善意，谅解加宽容，多观察少抱怨，便是实习教我的东西。

所以，谢谢你，我为期一年的实习生活。

从未后悔和你相遇过

——她们最后都去了哪儿啊?
——谁?
——那些我们爱过的人啊。

1.
看过表哥和她高中时候的照片。一个班草,一个班花,男生穿一身运动衣,女生则是衬衫白裙,笑容又腼腆又羞涩。那张照片的边角已经泛黄了,他一直留着。也见过他俩一起骑自行车放学,女生的裙子逆着风飘起一个角,夕阳里留下一抹温润的橘黄。

"应该是早恋了吧。"姨夫因为这件事高中时没少训过表哥,闹得尽人皆知。

后来他俩读大学,异地恋了四年。他们会在人人网上传一起旅游的照片，热烈耀眼，青春逼人，回复里满满的都是朋友同学的祝福。

毕业之后两个人都回到了家乡工作，我们都以为他们是要结婚的。

也是这样的一个冬天，我跟表哥聊天。那时候他工作不顺利，我刚考研结束，两个人都心有戚戚。我以前是从未问过他感情生活的，也不知怎么就说了句，你至少爱情是幸福的啊。

他沉默良久，最后回了句，分手一年了。

我大吃一惊，没再细问。后来才从亲戚口中得知，整个故事竟和偶像剧里演了几百遍的恶俗桥段一样。女生家世显赫，身为企业家的父亲又独裁专断，看不上家境普通工作还很一般的男生，百般阻拦，不惜采用私下里对男生威逼利诱以及将女儿禁足在家的方式，还给女儿安排了另一门"更好的"亲事。

只是，故事的结局和偶像剧不一样。那个女生苦苦支撑了半年，最终还是和表哥分手了，完成了那门更好的亲事。

他至今没再谈过恋爱。

后来我问："你怪她吗？"

他说："本来怪她，现在不怪了。那么多年了，无论结没结婚，还联不联系，她在我心里，都早已是最亲的亲人了。"

2.

我最好的闺蜜，和她的男朋友也是高中同学。

我闺蜜长得漂亮，从小娇生惯养，男生长相和家境都普通，所以闺蜜父母一直不同意。

闺蜜专科，比男生早一年毕业，放弃了父母已经在家里找好的一家事业单位，拿着七百元钱的工资在一家建筑公司工作。七百元，刚够她交房租和水电费。她母亲心疼得掉眼泪，她父亲则在家气得暴跳如雷，死活不同意两个人的关系。只是天高皇帝远，他们也没法管。

幸好他对她足够用心。我和他俩一起旅游过一次，回来之后打趣他："你怎么伺候xx跟伺候老佛爷一样。"

我问她："这么多人追过你，你为什么这么笃定就要他啊？"

她说："我就是知道，再也没有人会比他对我更好了。"

男生毕业之后，她又跟去了他工作的城市，离家万里。他经常加班和出差，她则在另一家建筑公司起早贪黑地上班。

虽然她父母直到订婚那天才终于肯见一下女婿，但他们这个月终于结婚了。近十年的爱情长跑，终成眷属。

3.

有时候觉得，少年时便如此倾心，哪那么容易就被物质世界打败。或者相知相守多年，爱情已经变成和亲情一样同呼吸共命运的事情，怎么还会想到要开？表哥的结局，或许是缘分尽了。人生有时候真的超出电视编剧的想象能力。

但我也相信，有那样一种固执的相信和等待，可以冲破所有的藩篱，跨越未知的障碍。像两条遥遥相对的恒星一样，在漫长的人生境遇中终于交汇，变成彼此轨道上融为一体的光芒。

不过，不管结局如何，我从未后悔和你相遇过，更不后悔和你相爱一场。

我们多少都往前走一段

前几天有个姑娘给我发豆邮,内容有点儿沉重,大意是说农村长大的她从小就过得很辛苦,大学毕业之后留在了北京,原本以为生活要开始轻松一些,可刚工作工资并不高,补贴完家用之后仍然寒酸拮据,辛苦和繁琐也让工作的乐趣慢慢流逝,独自挣扎的孤独和不如意交织在一起,让她时常感觉灰暗。

我不知该如何回复,但想给她讲讲家宁的故事。

家宁是我的一个姐姐,在一个年人均收入只有一千元的村子长大。她还有个年龄差四岁的弟弟,大概估计一下两个人的学费,就知道那点儿微薄的收入支撑两个孩子读完大学有多难。学校的教育环境更是恶劣,家宁从小学高年级开始住校,一间平房几张大通铺挤整个学校的女孩子,冬天没有任何取暖设备,所有小孩的手指都生着触目惊心的冻疮。因为浓厚的重男轻女思想,从初中开始,班里就陆陆续续地有女孩子或主动或被迫辍学，九年义务教育的规定形同虚设。如此一来，家宁成为了村子里第一个考上大学的女孩。

家宁说一路走来她心底只有感激，全是感激。因为相比于和她同龄的喜欢读书却被迫辍学、辛苦外出打工、不到二十岁便草草嫁人的女孩子，她深觉自己无比幸运。不是没有人劝她父母让她辍学，"好省点儿钱供她弟弟读书"，但他们仍然砸锅卖铁将她送到了大学，这其中也并没有什么伟大的望女成凤的思想在支撑着他们，你若问她妈妈，她只会略有点儿不好意思地说："她喜欢上学啊，就让她上吧。"

家宁学建筑，毕业之后，找的工作是一家刚刚起步的设计院。前六个月月薪只有七百元，还天天加班。我们都为她感觉委屈，但家宁觉得这地方不错，因为人少，大事小事都由她经手，虽然一开始待遇差，但喜欢的工作环境和足够的锻炼机会才是诱人的。

我不知道那段时间她办公室的灯光每晚亮到几点她才疲惫离开，也不知道她工作之余如何挤出时间去考建造师的职称，只知道从月薪七百到七千，她只用了不到三年的时间。阅历渐长，正当盛时，七八年间人来人往，很多朋友也劝她跳槽，可她觉得这公司于她有知遇之恩，所以仍然留在那里。她的老板是个比我妈妈还大一点儿的女人，因为家宁在她创业之初风雨陪伴的辛苦，老板待她堪比亲生女儿。

这几年来，家宁过得踏实满足，慢慢地也实现了很多之前碍于经济原因无法实现的愿望。

比如她想去旅行，以前哪里也没有去过，但工作之后表现出色的她经常被公司派去全国各地参观学习，几乎走遍天南海北，最近还去了韩国和日本。比如她想读研，大学毕业时急着工作养家糊口，前年攒够了学费，终于考上了同济大学的在职研究生。

去年的春末我去那座北方小城看她，小城里红砖铺就的道路笔直干净，两边相对的法国梧桐伸展着茂盛的枝桠在马路中央的天空交汇，阳光斜漏下来，将她的脸庞照得柔亮红润。我们手挽着手，鞋跟踢踢踏踏地踩在路上，耳边有猎猎的风声。

因为贫困，她度过了窘迫寡淡的童年，少年时大部分的时间都在忧虑明天还能不能上学，连别人最灿烂的青春于她而言也全是廉价的衣服和灰暗的债务。如今，她快要三十岁了，还完了欠款，仍然兢兢业业地工作赚钱，但年少时的仓皇与胆怯已全部退却，平淡和忙碌的工作背后还长出了新的心愿和希望。生活终于还她以礼，而她甘之如饴。

那一刻，我觉得再也没有谁比她更美好了。

忘了说，家宁的弟弟，今年要去美国攻读医学博士学位，考取了国家公费名额，暑假过后就要前往波士顿。这个十年前站在寒风里因为冬装太单薄而打着寒颤的男生，也终于要飞向更广阔的天空。你看，连命运都不忍再苛待他们。

最近一直在读加缪的散文集,真是字字珠玑,尤其是看到他谈论贫困的那一段,感触极深。加缪说:"于我而言,贫困从来不是一种不幸:光明在这里散播着瑰宝,连我的反叛也被照耀得光辉灿烂。我甚至可以理直气壮地指出,这反叛始终是为了贫困中的众人,是为了使他们的生活能够升向光明。"他还说:"无论如何,那美好的炎热天气伴随我度过童年,使我不会产生任何怨恨。我固然生活在拮据之中,但也不无某种享乐。我感到自己有无穷无尽的力量,贫困并不是这种力量的障碍。"

诚如加缪所言,可能严寒与酷热、路远与奔波、肥胖与脆弱也不是这种力量的障碍。我问家宁,若有障碍,你觉得是什么。单身的她这半年一直面对着"一大波相亲对象正在来袭",所以紧锁着眉头哀叹,最大的障碍或许是不爱吧。

是啊,最大的障碍或许是不爱。焦虑和不安是因为不爱,拖延和懒惰是因为不爱,放弃和离开是因为不爱。难怪乔布斯会说"你要找到心底的热爱"。难怪《自由在高处》一书里,熊培云谈到自己的写作时会说:"我每天都舍不得睡,想了解世界多一点,想写作时间多一点。唯一需要有毅力去做又未做成的事情是劝自己早点睡觉。"

亲爱的姑娘,人人都愿一路顺遂,可他人永远无从了解你所经受的一切苦难负重和挣扎困顿，所以任何隔岸观火的安慰都显得苍白无力，何况我连安慰也无从言说，只能讲这个故事给你听。如果它能给正在夜路上跌跌撞撞不知终途的你一点点光亮、一点点勇气和一点点力量的话，我已备感荣幸。

既然都已经走了那么远，为何不再往前走一段呢？说不定不远处就有光。

"2014，我们多少都往前走一段。"这是我的朋友尹总在元旦那天发来的微信，以此与所有人共勉。愿我们都能找到心底的热爱，就算那些障碍还在，也要更强大一点儿，再强大一点儿。

新年快乐。

文●如冰

终识得"半生瓜"

据说,活到半生,方能识得这清苦的瓜之美妙隽永。也许不到半生,回望过去,我们曾那么执着地倾力追爱,那么悲恐地初面死亡,那么透彻地体会孤独,那么蹒跚却奋力地拾回自我,至终才知如何化繁为简,洒脱豁达却尽心尽力地活好每一天。往事渐渐折叠起老去的心,当中却有你或许不知的柔软与鲜明。

心智

一年前,某兄提醒我:一切过去了就好,关键是不要让自己失掉了心智,那个找回来的过程是漫长而痛苦的。不幸地,我的心智确实丢失了,现在也确实是在寻找的过程中。一点点的,能捡回来的碎片就捡回来,已经烟消云散的,或需要重新建立的,就从零开始,慢慢来。

这趟重新寻找自我的旅程,我才开始走呢,收获颇丰,却也跌跌撞撞。回头想想,自己的结果算是好的了。那些有同样经历的师长,重新站起来的过程,比我经历的,要痛苦许多。

常常有人谈及挫折带来的财富,那是因为这挫折没有将他们打到差点儿站不起来。而我所见的那些经历过几乎折断人生的挫折的人,即便成功挺过来了,甚至活得相当绚烂精彩,对于那曾经几乎致命的伤痛,也是不会轻易说的。那好比骨头上的刀口,要见到,必须剥皮割肉。

我脑子很清楚，现在脚下的路并不容易，甚至是前途渺茫。可是折断的翅膀正在重生，相信它可以给我第二个希望。从小见过很多爸爸救回来的折翼的鸟儿，曾经有一只被狗咬伤的麻雀，在给它灌了很多酒之后，终于能安静地在它的伤口上撒云南白药，旁边放好食物和水，不出三天，它居然就又欢快地可以起飞了。人比麻雀柔弱多了，没有三五春秋，或许不够吧。

施药止血的时候，是需要麻醉的，麻醉直至忘记伤痛，这个过程我已经走过了。而药粉过后，如何康复，是需要更多的自我呵护和充实，这便是我现在正在经历的过程。这个过程中，我会敏感、紧张，害怕还未康复的内心再次受伤，甚至变成一个跟过去的自己完全不同的人。但隐隐地，我还能感觉到来自残存的心智中最深层、最无法动摇的力量，这股力量曾经如此强大，托起我走向一道道关卡并大多成功渡过。而现在它变弱了不少，却时不时地闪烁着光芒，我只希望抓住它短暂的光亮，暂时照亮眼前要走的路，能走一点儿算一点儿。而新长的翅膀，也应该比过去更加丰满，这需要花更多的时间去编织，只希望自己能抓紧，不要错过重新起飞的机会。

可我是那么幸运，机缘巧合，遇到好几位不断提醒我以最好的方式充实自己的师长，甚至将好东西直接送到我面前，他们不曾直接带着我飞，却一直为我提供养分和力量。这一次，站在这些恩人面前，我知道自己要不断强大起来，靠自己振翅，才是对那段挫折最好的回报。

追R记

高一军训，多雨的初秋就像负重的小姑娘，担不住雨水只好泼下，忽然凌乱的芳容却依然清丽。我们两个班在雨中匆忙躲进操场边的大剧场，刚刚还在踢正步的我们只好在庄严的大红色舞台前安静落座，肃穆的深红色幕布前，大家开始小声地闲聊，教官让我们派人出来表演节目。大雨打乱了两个方阵的人流，我才能和睿哥隔了一个共同的熟人坐下。这位共同的熟人是我英语班的好朋友，稳重果决却真性情的小胡妹子。小胡妹子挑着眉，那对丹凤眼眯着，热情地介绍了我和睿哥认识。在那个清冷的初秋，百无聊赖的操练间隙，我认识了这位礼貌、幽默又有点儿倔的男生。

睿哥对他们班文艺课代表即兴的英文版"我是一条鱼"哈哈笑着，一边拍手一边带着些许的佩服和得意，转头瞄我一眼，好似在问："你们班谁能这么放得开？"而本来就放不开的我只好低头示弱。从那时起，我就觉得我们班在"放得开"上面始终比不过他们班，就像在一个巧舌如簧、活蹦乱跳的对手面前，天性内敛的自己还是隐藏不住一点儿卑微。突然，地上跳出一只蛙，在一排排椅子底下肆无忌惮地乱蹦，大概是为了避雨误闯了这群中学生的阵营，吓得周遭的女生惊慌失措。小胡妹子大叫一声，睿哥即以迅雷不及掩耳之势将蛙兄拎起，放到了旁边。当时我在一旁还没来得及惊吓上脸，睿哥已经在一旁得意地笑了。如今已经记不得，这初次见面的十几分钟里，睿哥的几个笑话到底是怎样说的了，只记得我莫名其妙地几乎是一见钟情地喜欢上了这个皮肤有点儿黑、瘦瘦高高的男孩子。

军训进行了数日，中秋那天，小胡妹子一脸诡秘地来告诉我，今天是睿哥生日。只记得满月之下我在晚操后的数十分钟里找遍了操场，也没见到睿哥的身影。抬头看到月亮时，忽觉自己唐突，就算找到人家也没法说啊，这不才认识十几分钟吗，话都没说超过一百个字呢。于是自己理了理军装，回寝室呼呼大睡。

初识不久，小胡妹子敏捷地发现我对睿哥的小心思，于是每周英语补课的时候，总会来跟我合计对策。其实，我一直觉得在天时地利人和三方面，地利一直是我牢牢把握住的。明明我们不在同一个班，连班级号码都隔一个，却经常被安排在隔壁教室。而且因为我们两个班的班主任极其要好，很多场合我们两个班都能离得很近，我也会在三米之内看到他。

刚开始，我和小胡的伎俩都极其简单和幼稚，诸如她在班上从睿哥那里借他的英语课本出来，说是我要，给我之后又让我自己亲自还给他。记得刚拿到他的英语书时，我如获至宝地仔细端详了好久，小心翼翼地翻开每一页，看他的字迹和折痕。干净却适度磨损的英语课本，是我对他好印象的第二个满分。那节数学课上，我一直在翻他的英语书，下课后，我鼓起勇气去还书。还记得那时脑袋里一股热血冲昏了管理语言的那条神经，我畏畏缩缩地说了句"谢谢"，他轻松礼貌地说了句"没事"。班上起哄的同学见我胀红着脸归来，都笑说石头你真放不开。我也在他们的笑声中兴奋却有些遗憾地回到座位，我想，长期这么远观、借书的话是不会有效果的……

后来小胡妹子慢慢有了自己的梦中情人要黏，也没工夫管我了。睿哥他们班另一位我的线人正式与我接头，她就是我小学时候的同学、好朋友——婧姑娘。婧姑娘在我小学的班上是一个漂亮而帅气的女孩儿，她哥哥是当时学校比较得势的混混头儿，全校各种讨厌的男生都不敢惹她，而成绩还不错的她相比之下温婉许多，待人也得体有礼。这样的她最后成了我小学时候的情敌，且完胜于我，我丝毫来不及招架。初中三年里我跟她还时有通信，因为她毕竟是我欣赏的那类女孩儿，她对我也一直不错。尽管她还不知道，小学时那次懵懂却持续多年的情感刺激，让我性格有了很大的变化：我从一个几乎不说话的女孩儿变得开朗多话，原因正是我想变得跟她一样。进了高中，婧姑娘与我早已忘却小时候的事，变成闺蜜一般。在得知我对睿哥的想法之后，她决定接替小胡，继续帮我出点子、制造机会。

在这毫无进展的半年之后，忘了是谁帮我要到了睿哥的QQ号。我开始假装是偶然撞见地与他在网上聊天，有时我会拉小提琴给他听，继而慢慢让他知道我其实就是他隔壁班的女生。从虚拟到现实，最重要的一步，就是我厚脸皮地在他每天坐车回家的车站假装认出来他之后，跟他真正开始说话和一起坐车。至今我还记得那天的微风和温度，他有些出乎意料的表情和后来胸有成竹的样子，让我隐约感觉到他其实知道我在耍什么花招。

接下来的半年，除了平时寻找各种机会跟他交流之外，我持续不断地做着一件看似浪漫的傻事：每天下午放学，我一定会抢在他坐上公车之前赶到那个车站，假装跟他在同一站下车，跟他步行大概一百多米的斜坡，"送"他到家，然后继续走十五分钟的路程回家。多绕的路程虽不算太远，但对于我们这个小城来说，算是不少冤枉路了。而这样的傻事，我乐此不疲地坚持了半年。刚开始他并不跟我说话，后来慢慢见得多了也有一搭没一搭地聊起来，一旁几乎每天跟他一起坐车的BOBO同学也从一开始对我的一脸嫌弃，到后来熟悉得可以叫上名字。

"追车"的那半年里，下午最后一节课后，如果班主任拖堂，我总会在安静中摸索隔壁睿哥他们班的动静，如果他们先放了学，我几乎会在老师喊下课前先把一只脚伸出课桌外，"下课"的"课"字一出立刻背上书包狂奔；如果我们同时放学，我就会按部就班地走到车站。几乎每次狂奔的日子里，我都忘了到底诱拐过多少次我的好朋友阿梅跟我跳上睿哥搭的车子。阿梅天真而神经大条，经常在不知道发生什么的情况下就跟我跳上同一辆车，然后问我这车是去哪儿的……后来得知我用意的阿梅十分支持我，无论这辆车会开到哪儿，她都义无反顾地跟我一起。因为城市很小，阿梅找比较靠近她路线的一站下车再转车。还好我们高中规定下午四点五十必须放学，大多数时候我都有时间去做这类兜兜转转的事。

车上，我、睿哥、BOBO、阿梅，四人的对话现在想起来字数并不多，但都非常好笑……

车上，我问睿哥现在几点了，他说："六点差七十九分。"呃……看我慌忙在算是几点，他得意地大笑不止。我又问他："这次期中考试感觉怎么样？"他说："没事，反正上次我考得很差，那我这次就有很大的提升空间。"我又问："你每天放学都直接回家吗？"他说："对呀！我急着回家看动画片呢！"玩笑话说罢，经常他自己都会笑场，现在想不起每一次大笑的内容了，但我就是从那时开启了因大笑太多而脸部抽筋的开关……

BOBO同学是一个神奇的存在，他比睿哥高，成绩爆好，很聪明。晚上睡不着看语文课本这种万恶的点子就是他告诉我们的。因为BOBO跟睿哥很铁，于是我形成了条件反射，只要看见他就知道睿哥在附近，而BOBO高大的身材也成为寻找睿哥方位的明显指示。但自从BOBO也有了一个学霸女朋友，就开始给我留下与睿哥在车上独处的时间。

一有独处的机会，我就会肆无忌惮地端详睿哥讲笑话的侧脸，经过这段时间的相处,我看到的是一个自信又自恋、正直积极、幽默无厘头、乐观勇敢,又有些许优雅的男孩子。他很小的时候父母就离异了,和在小学教书的妈妈一同生活的他,住在一栋很旧的楼里,尽管他成绩不是班上名列前茅的,却一直很诚实地对待自己的状况。孝顺的他很小就会替妈妈着想,从来没见过他惹事打架。虽然从小就和妈妈一起生活,但他却丝毫没有mummy's boy(妈妈宝)的倾向,他说他的妈妈很强势,不用他担心,他也不用他妈妈操心。看似是乖孩子的他,其实脑子里充满了天马行空的想象,他思维跳跃,平日里让我反应迟钝的无厘头笑话就是我跟不上他节奏的重要证据。他是非常聪明的人,只是有些贪玩,我一直都这么认为。

尽管如此,我总有种感觉,好像我跟他始终不是同一个国度的人,我们思维方式迥异,他是跳跃的天马,我是迟钝的企鹅。后来知道这就是所谓的"不合适",但当时的我天真如斯,哪里知道这从一开始就决定了我跟他的距离,却还傻傻地相信努力可以换来收获。

而当我还在傻傻选择继续努力的时候,事情早已有了变化。

我们的校园坐落在过去府城护城河以北的一处半岛上,每天为了跟睿哥坐同一辆车,我都会从正门出来过桥到河对岸的车站。然而在我感觉到这种窘迫后不久,睿哥也很少再出现在我的视野里了,后来我发现,其实每天人为的"邂逅"并不是我一手制造的,而是他愿意才能成全的。而感觉不对之后,同样的努力其实等不到同样的人。每次看到

BOBO一个人在车站靠着站牌,我都只好假装不在乎地和他继续一段段沉默无言的旅程。

后来,就是他生日的那天,我用好不容易从妈妈那要来的手机给他发了条祝福生日的短信,却收到一条很长的回复,记得他说:"谢谢,但我有件事要告诉你,而且我觉得由我直接告诉你比较好,我现在不是自由的了,我有女朋友了,她是你的朋友婧。她觉得很抱歉一直不敢告诉你,但我想这件事还是应该早点儿让你知道,这样对你对她都公平。"呵呵,就是这样一条措辞早熟的短信,让我连着好几天都全身无力、脑子罢工、眼神虚空、不会说话。那种从头皮到脚趾突然垮塌无力的感觉至今我还记得。我一连好几天听着周杰伦《范特西》的CD,唱到《安静》我就哭,唱到《可爱女人》我就想这也许就是他心中的她……横竖都很难过。《安静》是高一军训时大家和吴教官一起唱的班歌,似乎早已预言我这次傻傻的努力注定会失败,只是自己觉察得太慢。

小时候是不懂什么叫"不合适"的,只知道睿哥不喜欢我,却喜欢原本答应帮我牵线的好朋友,而且这位好朋友与我之间在小学的时候也发生过同样的事。小学那会儿的故事早已淡却,而这时那种所谓"背叛"的感觉却来得很真实。而小时候不懂什么叫"爱是没有道理可讲的",只知道睿哥这样选择,自己着实很难过很难过。

隔天,我们三人在操场上见面。昏黄的天空,令人窒息的下午,睿哥陪着她来到我面前,然后走开了,只剩下我跟婧姑娘二人。只记得她对我说了句对不起,我就忍不住眼泪一直流,我抱了她一下,根本没力气说没关系,只会轻轻地摇头。就这样,我接受了他们,从此每天看他们在我前面一起放学、坐车,而我也不再去河对岸的车站等他。

此后的日子里,我与他们二人几乎没有联系。直到高三我去了文科班,班上一个男生突然对我表白,当时感觉很害怕的我下意识地朝河对岸的车站跑去,来到同样的场景,我没有选择像过去一样等待,而是跳上直达家里的车走了。公车启动的瞬间,我从窗户看见刚到车站的睿哥,一瞬间眼泪几乎流下来,他没看见我,我却因为看到他而平静下来,刚才的害怕完全烟消云散。我才知道,就算不属于我,他也依然是我心里最值得相信和依赖的定海神针。

就这样,激烈的高考冲淡了我对他几乎所有的眷恋,没日没夜的备考过程中,我一直朝着梦想的北京前进。之后,我得知睿哥留在了家乡,婧姑娘则去了南京。

大一到大二的两年里,我有时会趁过年过节给睿哥发祝福短信,虽然火花不再,却觉得他仍是一个很想去关心的老朋友。后来我知道他因为高考失利心情沮丧,两年中变了很多,曾经的锋芒、锐气都早已磨去,说话不再充满难懂的无厘头笑话,真实的挫败和无奈是我最直接懂得的语言。尽管我两年里一直在鼓励他,告诉他就算我到了北京,我依然觉得他是我认识的男生里最棒的,而后来我也有了男朋友,没有继续保持对他鼓励的热情。从头到尾,我知道他对这种鼓励都非常受用,每一次感动和感激我都能体会到。我想，我们能这样已经很好了。

后来我们见过一次面，他约我去吃重庆火锅。我得知他找到了稳定的工作，换了一个女朋友，开始信基督教。我们在细雨中走路回家，他说："以前都是你送我回家，这次就我送你吧。"一路上的感觉还是很奇怪，虽然我们认识那么多年，但其实他对我了解不多，因为几乎都是我问他答，而那天他一直问我，了解我的状况后，我们两个人那种莫明的错位依然存在。到家门口的时候，他说："哦，原来你家在这儿。"那时，他才明白六年前的我每天为他多走了多少路。望着那排通向他家的长长的梯级、深深的巷子，他有些尴尬和迟疑，虽然选择穿过它们是最近的路，他还是选了一条远路朝家走去了。

距离上次见面，又过了三年。2012年7月我在家休养，傍晚散步的时候在他单位楼下碰到他下班，三米外我一眼就认出了他，疲惫的眼神中依然充满灵气。当时带着大黑框眼镜的我料想他一定认不出来，而走到跟前的时候他盯着我看了许久，我们几乎是相视而过，正准备默默离开的时候，他十分有把握地把我叫住。我有些尴尬地回头，笑说："没想到这样你也认得。"他的招牌得意一笑，好似九年前他在军训避雨的剧场里捉住那只捣蛋的青蛙，我知道，他现在有了稳定的生活，满足而幸福，足以支撑他的无厘头和灵气。尽管我们的人生不会再有多少交集，但看到他自足而满意，也已经是很好很好的结局了。

写完这些，我想我终于理清情绪，可以赴四天后与他的约了。

谢谢他们曾这样对我

你有没有试过自己一个人坐在房间里，脑子混沌一片，知道该怎么做，但就是伸不出手去实行。于是，到一天结束的时候，自责累积起来，变成崩溃大哭的急促呼吸，抓着心口一阵阵剧痛，黑暗里出现一个个骇人的幻影，甚至一时想要结束生命，寻找解脱的快感。一个人，彻底失去自信、尊严、快乐、希望，甚至生的勇力。当时我会变成这样，不是无来由的。

（一）

刚读硕士的时候认识两个同学，她们热情、耐心，总是笑脸迎人。我到香港的第一份来自同龄人的关心，就是她们给的。不过那时我不懂，以为这里的人情跟过去在内地时感受的一样，以为她们跟我儿时的闺蜜一样，只要她感觉到我的真心，是不会离开我的。真心换真心，这很容易，我很自信地以为，也这么以为了二十三年。我觉得我从未失手，但没想到这次，是我放弃这个信条的开始。

也是因为我不懂事，觉得她们既然把我当作在异地的相知，帮我一些忙、陪我买个东西、帮我还本书都不该是什么大问题吧。于是我照着过去与朋友的相处方式，也向她们提了这样的请求。满足过几次之后，我越来越依赖她们。直到有一次她们在我面前说起如何反感一个粘人的男性朋友，说他跟我一样是天秤座，虽然最后补了一句"男生和女生估计不一样啦"。虽然我不知道这跟天秤座有什么关系，但我清晰地得到告示：她们不喜欢我的"粘人"、不喜欢我的"随意要求帮助"、不喜欢我的"忍不了孤独"、不喜欢我的"好动"……现在已经想不起更多。我正准备逐渐改掉我的友情观时，她们选择了消失。

同在一个校园，甚至一栋楼，我们无法相见。打电话不接，也不回复，短信就更是，也不用提网上的留言和电邮了。刚开始我还压住怒火问她们为什么，可后来我决定不再问了，我选择继续相信：友情是需要相互付出的，而我始终没有保留地付出着。她们中有人难过了需要陪伴，正在跑步的我抓了八达通就立刻奔去；为了帮她们拿东西，明明宿舍在山上我也愿意先陪她们走下山……

不过我也开始真正明白：每个人都有自己难念的经，生长环境不同的人在意的事情也很不同，我开始明白不应该向朋友要求太多。

而这个领悟，却成为后来促使我神经衰弱的重要原因，因为不愿找人倾诉，自我封闭的倾向开始出现。领悟的初期，或许有些矫枉过正，而代价果然是巨大的。

(二)

差不多认识前面两位姑娘的同时,我认识了粤语班上的助教,一个香港的男孩子。个子不高,有一点点娘,但很热情,我也不排斥跟他私下交往,于是留给他我的MSN。起初他也问问我的学业,知道我要去跑田野就说想跟我一起去,我只好尴尬地拒绝。后来很想打桌球的我好不容易约了两个女孩儿,却找不到场地,他说一座楼上可以,但需要他帮忙登记,我就答应去了。之前有人告诉我,这男生是有女友的,让我小心。谁知到了那天,只有我能去,幸好桌球让另外两个男生先借走,我们只好离开。出来路上他说:"我女朋友在澳门赌场工作。"然后话锋一转:"我们去逛街吧,吃宵夜吧,看电影吧……"当下我立刻决定转身回宿舍,此人还说我可以陪你坐校车,我说不用了,我想走上山……然后这个男人立刻退缩:"好吧,那……我回家了,拜拜。"就这样,这是我对香港男生的第一次印象,我顺利脱身,还以为自己够谨慎、够果断、够机敏,下次不会再遇到。

去年的仲夏,我开始因缺少朋友而转向校外的社交,后来认识了美印混血的大叔D。D叔大我十几岁,肤色虽然有点儿黑,但口音非常洛杉矶,那是他出生成长的地方。在英国读完大学之后,辗转世界各地,最终在一家医药公司担任中高层,每天中午才到中环上班,因为他比普通人晚睡四小时或更多,以处理美国分公司的事务。他工作狂的程度也是我认识的人里数一数二的,他曾自豪地说:"My boss must love me so much!"(我的老板肯定很爱我!)D叔完全不会说中文,也听不懂,于是每当我第二天要带导修,他都会在下班后给我发短信:Dear wynne,you must have fallen sleep.Remember you're the rising star,your tutorial will be so successful,I'll pray for you after this wine,and before I sleep.(亲爱的wynne,一定要早点休息。你是一颗冉冉升起的新星,你的导师非常成功。我会为你祈祷祝福。)D叔给我的大部分的短信,句子都很长,一个从句套一个从句的,有时我要读两遍才看得懂,因为他总想把任何一个细节的感觉都表现出来。后来,他请我在西贡的海边吃饭,之后又说过一些深情的话,我没有答应他,因为这对我来说太挑战了,而我的学业明明已经在危机之中。转身离开之后,他伤心地发来很多信息,最后还恶狠狠地留下一句:What you have done toothers must repaid by yourself in the future.(今天你干的坏事,明天是要还的。)此后,我们再无任何温情可言,他从伤心变成怨愤,我说任何一句话,都可以变成被责备的理由。我开始发现他强烈的自我中心和被害妄想症,他也充满了负面的淤积。但当时我没有任何人可以倾诉,唯有这个说着异国语言的人,还会听听我的苦,说说为我祈祷这种话。但当我鼓起勇气想要跟他相处试试看的时候,他说我根本不认真,于是消失了。好吧,我接受这种消失,因为这一切根本不适合我,也不是我应得的。他应该找一个高挑成熟的金发美人,带她去加州的海滩晒太阳,聊love and peace,调侃我这个天真幼稚、不知好歹的中国小姑娘。

后来,我又从网上认识了一个男孩子,因为是校友,又都是内地去的,我们开始交往。他很实诚,很谨慎,说话经常是以"哦……"开头,但每当我有什么忙需要他帮时,他总是二话不说直接出手,没有过多的语言，对此我非常感激，因为多了一个乐于助人的男性朋友。这次我已经吸取过去的教训，不能随便麻烦人家，但他还是帮过我不少忙：给忘带现金的我送钱到餐厅、帮我搬箱子、帮我解决很多电脑的问题……我一次次请他吃饭表示感激。后来有一天我重感冒，在食堂遇到他，本来已经吃完的他在旁边陪刚打完饭的我吃完，发现我咳嗽得厉害，说要去给我买药，我一边谢谢一边说真的不用了。可回到宿舍一会儿就接到他电话，说下山坐车到沙田给我买了两盒药，现在送到我位于半山的宿舍门口，他说他走过来，只是顺便锻炼身体，叫我不着急下来，到了再给我电话。我心里一振，愣了两秒立刻说："啊，不用不用！太麻烦你了。已经买了啊？你留着吧。不用不用，我下山去拿就好，你不要爬了。啊？你已经快到啦？那好吧。我现在下去。"他在楼下递给我药，说了几句怎么吃，转身就走了。我冲着他的背影大声说："等我好了请你吃饭！"我不知道还能怎么感谢他，因为我觉得他是我很好的朋友，于是我对他的一些暗示和主动选择冷漠以待，敏感的他也很快感觉到了。而他做出的选择也是离开，连朋友也不用做了，变成只不过是认识的人而已。就这样，在我第一次难过到想寻死的时候唯一在安慰我的那个人，选择既然做不成恋人，就什么都不做了。

就这样，我身边谁也不剩了。

后来也在虚拟的社交网络认识了一些貌似关心我的人，后来却被我发现他不过是对谁都这样。对比之前只知道买药却不会说话的那位朋友，我意识到实在和善良太宝贵。

（三）

我是一个没有太多棱角的人了，从学业到感情，除了大的原则性问题，几乎都是选择将就别人，自己没什么一定要维护和遵守的。

而过去两年是我长这么大所遭遇的最痛苦的劫难，除了情感的部分，当然还有更多，甚至有些部分根本无法说。文章矫情如斯，大家不要见怪，因为它只是部分的故事，是可以简单说出来的故事。

这些人如何对待我，都出自他们自然的逻辑和反应，都有他们自己的理由，却不知道我人生除了与他们有交集的部分之外正在经历着什么，就算累积成致命的痛苦，他们也没有理由知道。而这种情感上连续密集的挫折，一个个希望的破碎，失去一个就等于失去全部，他们又怎么会知道呢？

那些无条件爱我、关心我的人都离我好远好远，远到那人情的温暖也在电话声音延迟的那一秒里消散了……我慢慢习惯了不向人求助，因为我懂每个人都很难，也懂陌生人是不可轻易相信的，更懂只有先让自己好起来，朋友才会自然向我靠拢。

于是我现在做的，不过是让自己开心起来，成为让自己满意的人。现在回想起来，多谢这些人曾那样对我，使我懂得如何找到真正的陪伴和快乐，而且变得更加坚强。

这时候应该再次响起那首我经历过这些才听懂了的歌：《苦瓜》。

不差这会儿

经常有人,包括我,以写论文为由拒绝去参加一些活动,但我想以亲身经验告诉大家的是:真的不差这一会儿。

我遇到过的极端的例子发生在我自己身上:硕士最后一学期,因为论文写作压力很大,导师也催得紧,差不多两周就要拿一章出来(当然之前有一些底子),于是我拒绝参加所有活动,包括学术的。无论是朋友相约出去觅食,还是一些系里的公开讲座和活动,我都不愿参加,更不用说那些什么朋友聚会了。然而这几个月我的论文进展不仅没有想象中那么迅速,还因长时间闷闭而心理焦虑,当时唯一愿意做的就是下楼去跑步。但有专业人士告知:体育运动后的身体劳累感会加重孤独的感受,好像确实如此。

那段时间我的心理状态是长这么大以来最差的,因为总觉得自己有大把的时间,就每天从天亮捱到天黑,从傍晚熬到凌晨,最后也就在睡觉前写那么几行字。有时候干脆一整天就睡过去或者看电视剧了。每晚睡觉的时候都非常自责，不仅身体熬得很差，心里也不断淤积对自己的不满。

事实证明，对自己的不满才是最可怕的情绪。

后来我回家休息了一个半月，在广州又呆了一个半月。最终，我的整篇论文是在广州的日子里完成并过关的。虽然过去已经写过很多，再写一定比较快，但在广州的效率却使我重新找回了自信，从大脑到身体都告诉自己可以有效率、有规律地完成既定的目标。

那我在广州就是苦苦闭关吗？不是。

刚去的前两周，师友们会组织各种局，无论是晚饭还是读书会，都叫我一起去。刚开始答应的时候我心里还是有点儿纠结，害怕因此没时间干活。但没想到每次跟这么多好朋友、好老师相聚聊天喝酒之后，心里的快乐已经慢慢累积起来，成为后来彻底清除负能量的第一股助力。而且师友们也并不觉得闷着就能写出东西来。

最感动的还是L老师邀请我跟他家人一起过中秋的那天，我们从中山市回到城里，老师说："今晚跟我们一起过中秋吧，我怕你一个人对着月亮写不出论文会哭啊！哈哈！"而其实那天，论文的第二章已经迫在眉睫，但看老师这么热心，我还是答应去了。席间从老师的父母到他弟弟的女儿，都围在一起吃饭聊天，好像就是一家人，饭后我还去老师家帮师母弄了弄电脑，跟她家小猫玩了一阵。无比温暖。

后来我发现，所有积极参加这些聚会的师友，无论师兄、师姐或老师，都是效率极高的人。他们一周有不少课要上，还要准备参加许多学术活动和会议，甚至还有行政事务，忙得不可开交。但每周他们都有空的时候，总会一起寻到一家好吃的餐馆去边吃边聊几个小时。一个人飞信出去，大家都来了。而我绝对可以保证的是他们的水平也是界内前列的。

最后完成稿子的那天正好是我生日，L老师和C老师决定晚上等我交稿之后带我去吃点儿东西庆祝。可我一直熬到晚上九点才搞定，到餐厅坐下时已经快十点了。号称不离书桌的学霸申兄和二位老师都来了，而文章已经发给一位师友帮我最后看看，L老师看我还时不时紧张地查邮件，生怕有什么不好的反馈，于是拿了菜单递给我说："告诉他你在过生日！不差这一会儿！来，看有什么要吃的！"

我想我们一生的时间应该只留给两件事：一是专注地创造价值；二是完全地享受快乐。

那个让你漂泊的城市

香港是我漂泊的第二个城市,也是目前让我受伤最深的城市。和很多人漂的地方一样,这是一个充满世界各地各色人种的国际大都市,但她却拒绝进入一些人的心里。

校园里有参天的松树和坚韧的椰树,昏黄的灯光下,在那些圣诞、中秋、春节、感恩节冷清无人的假日里,我曾经独自一人戴着耳机跑到海边看天水合一。我开始记录吐露港四时的变化,那几百张照片有香槟金、有天空蓝……同一处山海之景,成为两年里我最忠实的伙伴,那出海口外一望无际的海就是无边的孤独,无法挪动。

有些粤语歌是那样真切地描述了一颗冰心撞击无言的自然的感觉,清脆冷酷的碎裂声,整晚回荡。于是我开始听懂陈奕迅的《陀飞轮》和《苦瓜》,当然还有薛凯琪的《给十年后的我》这些与上世纪八九十年代流行的粤语歌迥然不同的情感,前者伤感无奈,后者唯美热情。

记得有一天我跟导师说:"老师,我可能有点儿神经衰弱。"他却轻轻一笑回答我说:"香港好多人都神经衰弱,之前有过统计,你看地铁里他们听不得一点儿噪音就知道。"于是我觉得自己的求助好像有点儿懦弱和无知,我告诉自己这没啥大不了的,外面有那么多奔波劳顿的人比你还惨好多倍呢!所以在这个城市,"脆弱"几乎是最可笑的词汇。你看公交车上那些头发花白却仍戴着蓝牙耳机跑订单的老人,就会知道这是个多么自强而残酷的社会。

有过那么几个同学,时不时对我表示过关心,也许是自己累积的负能量太多,而他们毕竟不是普度众生的佛祖和前来救世的耶稣。回想我初到香港时积极热情的社交态度,或许过早消耗了一个正常人两年的定额。

不仅是语言将人划分开来,就算是都说普通话的内地同学和台湾同学,大都习惯了各忙各的。记得跟住同一栋楼的同学约一起吃饭也要排到三日之后。我希望的那种热络温暖或许就是软弱的表现。

冻死人的商场里或许留下最多我一个人晃荡的影子。曾经一度香港对我来说只剩下购物这一种意义了。虽然不敢买什么奢侈品,但流连在橱窗与橱窗之间,似乎是打发孤独的最便捷方式。我与售货员冷冰冰的交谈,有时只用说句"唔该",而大多数时候我一连几天不用跟人说一句话。

所以我跟肯德基和必胜客的外卖大叔曾经有过几段那两年中最有趣和最有人情味的内地人与香港本地人的对话。大叔用蹩脚的普通话说:"我曾经是警察来的!退休了还不是要继续工作!你知道香港生活就是这样的。"

（掏出他过去的警员证让我看）再后来就是他给我看他儿子照片然后我们沉默五秒之后再没见面。

于是，那些关于内地的政治新闻成为许多内地生关心的话题，一方面出于本能的一种联系，另一方面，对我来说，是找一种对立或紧张关系来替代缺乏的存在感。而这些破事反过来作用于我的结果就是，有一段时间完完全全成了脑残的"愤青"——不是成天说内地不如香港，就是炫耀在香港的所见所闻。如今看来都毫无意义。

略使人感到欣慰的是，硕士期间在香港的最后半年，我开始更加深刻和细致地去观察周遭的这个社会，包括爱聊八卦的大妈，艰辛却专业的高龄雇工，港岛得瑟臭屁的白人金领，置地广场里空虚的贵妇，和离岛社区庙会上豪爽的渔民……看清一些事实，抛离外加的幻象，尽管香港不再让我觉得炫妙，却更加真实和亲切。而这些真实的故事绝非港铁沿线近十五年修建的购物广场所能表达的。如果说新界所见的其实是清代广东新安县和八九十年代后边界社会的重叠，那更多尚未被我了解的故事都在英殖民踏上港岛的那刻开始，而这些故事贯穿了今日的香港社会等着我去发现和感知。

文章写到最尾，开始让我知道如何克服之前对香港形成的挫败的条件反射，这是在开始写的时候并未预想到的。我想我会重新把它当作一块等待好奇心和求知欲去开发的热土，努力去做的人定能体会到不一样的觉悟和经验，相信是一种积极美好的新开始。

祭那一刻

（一）

不记得是去年，还是前年，她车祸的噩耗忽然传来，人人网头像上她那高傲不驯的脸庞依旧鲜明，我甚至依然不敢直视她的眼睛。听她的密友说，是在腾冲山路上发生的车祸，就这样，她成为我最早离开人世的同学。

高一高二我们同班，文理不分，九门课程我们学了两年。她的成绩中等，理科偏好，但在我心中，她的桀骜不驯始终是这个生命最珍贵和坚强的部分。她很少和女生玩，只有极其聪明的几个才能理解她的情绪和表达，而我始终有点儿害怕，又有点儿自卑地观赏她们。倔强孤傲的女孩总是让人又爱又恨的。

而再高傲的生命也躲不过致命的伤害。至今我都无法想象她乘坐的汽车翻下山谷的场景，脑子里好像放过灾难题材的默片，悲伤至极，却无处呻吟。

对于这样一个曾经如此遗世独立的生命，对于这种毫无征兆的离去，我只能被迫接受生命的纤弱与无常。

（二）

2009年10月28日，一个耄耋之年的老人在与这世界上最致命的癌症搏斗了半年之后，终于被推上了抢救的手术台，而一个初尝学术甜蜜的女孩站到了她人生第一次学术会议发言的讲台前——这就是爷爷和我的人生在那一刻的差别。

我激动而混乱地做了发言，八分钟的时限我讲了十五分钟，主席用笔使劲儿敲了敲我的手，我依然热情不减地做了一个意犹未尽的收尾。下来后收到好几位老先生的纸条，纸条上说了些鼓励的话。作为这次会议最年轻的发言者，我兴奋异常。前辈们的包容和鼓励是多么温暖的正面力量。

晚上校方领导请大家吃饭，我坐在一位学界大佬的旁边，他笑着跟大家聊天，迎接一杯杯敬酒。而扶着碗筷的我脑子一片空白。我给导师发了条短信，说爷爷今天凌晨去世的，妈妈为了不影响我正常发挥就没有告诉我，直到傍晚吃饭前。

这是一个温暖的生命，一个正直的人。他的离去似乎瞬间抽干了我身上所有的温度,医院里那些曾经在他的鼓励下度过生命最后一段旅程的人活着的时候都说:你爷爷真的很乐观很坚强。肝癌能坚持半年的人不多。而他的离去是那样平静而自然,让所有人做好了心理准备。哪怕是在异乡的我,冰冷中一个寒噤后,体温的快速回升就像他再次来到身边,温暖无比。

于是,我用我刚学到的知识给他写了墓志铭,用短信发回之后,又重新投入与所有与会者结识寒暄的聚会中。

无论是哪一种离开,总是一再宣告了不识愁滋味的少年时代早已逝去。我也需要变成一棵坚强的梧桐树,慢慢学会成为别人的树荫。

文●少则得

不要因为走得太快，忘了一开始的方向

每次看自己的东西，都会觉得需要修改。有位陌生人说："你水平不行，读者花钱买你的书，改变不了生活。"很长时间不愿意发表文章，跟这句话不无关系。周末偶遇小时候的书法老师，请教她读书的意义，她说："不是读了书马上就发财致富、飞黄腾达，重要的是对思想的影响！读书多，懂得多，会知道自己渺小，知道天高地厚，会谦卑，会豁达。在面临选择时会看得更远，想得更全面。"

世界是自己的，与他人无关

又到年关了，很多朋友跟我说回家会被问到终身大事。一转眼，我们都到了该成家的年纪。父母、长辈们难免着急，他们希望我们读书的时候专心读书，不要恋爱。而走出校门以后，要迅速地找到合适的伴侣带回家给他们看。

我们在成长的过程中，总是面临挑战，也经常犯错、逃避，那些荆棘让我们迷茫彷徨、望而却步。可一旦我们经过了这些挑战，经过了这些锻炼，我们就会成熟，有自己的收获，无论是物质的还是精神的。罗曼·罗兰说："人们常觉得准备的阶段是在浪费时间，只有当真正的机会来临，而自己没有能力把握的时候，才能觉悟到自己平时没有准备才是浪费了时间。"

多年以前我看过一部小说，讲两位武林高手，在野外过夜，背对背地打坐。我问我的老师："为什么要这样过夜？"他跟我说："这是最安全的，当然前提是你背对着的这个人是你可以交付的。你选一个男人，嫁给他，一定是因为你可以把后背给他，跟他背对背，互相支持。"我始终坚持人是最重要的，首先这个人是你爱的，其次这个人爱你，也有能力爱你。爱你的人不会忍心伤害你，会心疼你，是你想要的那个人。

实际上，我们在独自成长的阶段，都是在准备，准备遇到那个我们想要的人。全力以赴地准备之后，遇到那个我们想要的人，就算最后没有在一起，我们会有遗憾，但是不会后悔。很多时候，我都会鼓励我身边的姐妹们独立，至少经济独立，不光是因为这样不用为了经济原因选择一个男生。另外一个很重要的原因，如果你遇到了你想要的人，他用后背支持你，你也有能力用你的后背支持他，或者说至少你有支持他的能力。

有了爱人的能力，更要有爱人的态度。黄桐的一句话把这种态度总结得很好："如果你想对别人好，那么就做吧！但千万别把自己的付出当作筹码，拿它来要挟别人，期待应有的回馈。因为，这种心态只会让你愈来愈不快乐，觉得全世界都对不起自己！"爱的态度，是不计较，不计较谁强势，谁弱势，谁压制谁，世界是自己的，与他人无关，我们在一起快乐幸福，其他的又有什么所谓呢？！

在独立成长的阶段，我们很容易放纵自己，选择那些"别人"想要的。我也经历过单身，单身的时候很辛苦，尤其是女孩受了委屈想找个肩膀靠一靠时，一定要坚强，千万不要选择一个不合适的人。不要因为任何爱以外的原因做出选择，不要因为寂寞选择一个人，一辈子太长了，如果没有爱，我们需要很高超的相处技巧，对我们这代人不能说不可能，不过也不容易。

你想幸福谁都拦不住

　　我身边的一个姑娘，长得还不错，即将三十了，向我倾诉她的不容易，社会对她的不公平。觉得北京的生活成本太高了，造成她工作了这么多年，没有什么积蓄。工作单位的黑暗，造成这么多年都没有给她解决北京户口和编制的问题。因为单身已久，逢年过节回老家就会被父母逼问对象的事。每月都会相亲，但是基本上她看上人家，人家觉得她不合适；人家看上她的，她又觉得人家不合适。父母日渐年迈，回老家她不适应；继续留在北京，父母又没有人照顾。每次见面她都会抱怨这些事情，开始的时候，我还会给她一些建议。后来发现她只是说说而已，不想付诸任何行动。无论你提出什么建议和意见，她都会找到借口反驳。建议她攒钱，她觉得不能降低生活质量；建议她换工作，她觉得适应了现在不坐班，坐班的工作她干不下去；建议她降低择偶标准，她说带回家没面子不行。

　　想中五百万还得买注彩票呢，更何况改变生活？再后来我们中间一个大姐说她要想解决,就会问大家怎么办,而不是单纯地抱怨别人的错,单位的错,社会的错。她生活在北京,其他人也没生活在火星呀!还不是该结婚结婚了,该买房买房了,该接父母接父母。她自己愿意这么过才会这么过,她就是发泄一下,大家听着就行,只要不要太被消极情绪影响就行了。她再抱怨的时候,我在一旁也只能听她说说,然后安慰一下她。

其实我一直坚持,过得好不好,主要的因素在自己,你想幸福谁都拦不住。抱怨完了,也就痛快痛快,其实没有什么作用,抱怨的地方不对,没准还出事了。我的奶奶,生母因为生了她和双胞胎姐姐而过世,她和姐姐分别被姥姥和奶奶抚养。她的父亲娶了很多老婆,她在众多的继母和继母的孩子们中间艰难地长大。嫁给了没有任何背景和祖产的我爷爷,生育了很多孩子。在那个物质匮乏到经常出去借粮食才能开饭的岁月里,两个借房子住的、没有长辈扶助的年轻人艰辛地生活着。但这个身材矮小的老太太给我最深的印象,是关于种花。尽管生活那么的艰难,要照顾那么多孩子,要供这么多的孩子读书,要种那么多的地、干那么多的活,她还是会在家门口种上指甲草和一种带香味的草。用指甲草染指甲、用带香味的草熏衣服。如果说我奶奶是因为小时候的经历,所以习惯活得精致的话,那我妈可能就是天生性格乐观了。我妈妈生活在一个读书人的家庭里,嫁给我爸以后,学会了她之前从来都不会的事情。我记得小时候她认真地学习养鸡,问街坊大妈到底用不用给小鸡喂水,可从我记事起,无论家里多穷,她都会在院里种月季,那种花瓣繁复、五颜六色的月季。生活就是这样,无论物质多么匮乏,只要你自己不失去希望，用自己的热情热爱生活，明白自己想要什么样的生活，为之努力，就一定会幸福。所有那些借口，就像反方向的电梯，只会让你孤单而又无助。

如果对现实生活不满，就仔细想想找谁求助，想想有什么改变的方法，不断地抱怨，只能让负能量累计。不如在生活中找点儿小乐趣，让自己积极阳光地面对生活。小时候爸爸教我放风筝，在还没有风的时候，就先开始跑着试试，这样有风来的时候才能顺势把风筝放起来。其实仔细想想生活何尝不是，站在原地，就算有风风筝也不会自己飞，只有去追寻风的脚步，我们才有机会得到快乐。

这篇文章写完了就发给这位爱抱怨的姑娘看了，所以觉得这是背后议论别人的评论不用担心了。

路远就早点儿出门吧！！

今天是决定实习生们谁留下的日子，我是一个特别不愿意通知人离职的人，所以一般能留下的我就都留下了，但是经济不好，岗位也没那么多空缺，所以注定四个实习生只能留下两个，另两个必须走。跟领导商量以后，留下了高中的时候就开始给各媒体投稿，发表作品比较多的那个和大二就来了，实习时间比较长的人。

上午跟那两个走的实习生谈离职的事，一个跟我说了自己的优势，在新媒体推广方面有点儿心得，我想了想，问了问朋友，正好有个新媒体推广的实习生职位，中午就推荐他去面试了，他下午说收拾东西明天直接去那边实习了，我叮嘱了他一些注意事项，送了他几本书，让他走了。

最后一个实习生的表现完全出乎我的意料，先跟我说，他家不是北京的，他没有关系可托；然后是他刚实习没多久，还没什么经验做不了别的工作；再说是他马上就写论文了没时间找工作；还有是他没发表过什么作品，出去找工作没有竞争力；再者他学校不好，别的单位不给机会；最后是他父母都是普通人，他不是富二代不能没有工作。痛心疾首地说了半天，最终结论是我让谁走，也不能让他走，他多无助，多无奈。我就问他有什么打算，他跟我说，我留下他，他去住单位宿舍，然后开始在北京打拼。我以为他误会了，我说我留不下你。他说他没想过我不留下他，他这么可怜了，我怎么能不留下他。我当时那个暴汗呀！！！我说你早怎么没找找实习的，他说他一直好好学习来着，他说他们宿舍都打游戏，学习氛围不好。我说销售那边也缺人，要不我推荐你过去试试，他说他学中文的，干不了销售。我只好说我们现在没有职位空缺，有了我再通知你吧！！

我小时候，小学离我家很远，我们班有个女孩，他爸爸开车送她，所以总是比我早到，老师老夸她，我就特别希望我也能早到。我跟我爸说让他送我，他不愿意。我让我妈搬家到学校附近，我妈也不愿意。我特别沮丧，我爷爷就说："爷爷教你，路远就早点儿出门！"我就提前出门，果然次次都在那女孩前面到学校。后来每次当我陷入被动的时候，都会想起这件事。我语文成绩不好，就多读书。我上的学校不好，就早点儿开始实习。我没关系，就在工作上表现出色。用我自己的努力，弥补跟别人的先天差距。

留下的那两个实习生里面，大二就来的那个实习生也是男孩，他只是在暑假大家都打游戏的时候，决定每周用三个半天的时间来实习而已，就是一个半天只赚几十块钱的实习。我通知他入职的时候，他很高兴，说其实当年来的时候没想那么多，就是觉得可以试试而已。下午他给我发了这样一段话，我贴出来跟大家分享吧！

有本书上说：当你老了，回顾一生，就会发觉：什么时候出国读书、什么时候决定做第一份职业、何时选定了对象而恋爱、什么时候结婚，其实都是命运的巨变。只是当时站在三岔路口，眼见风云千樯，你做出抉择的那一日，在日记上，相当沉闷和平凡，当时还以为是生命中普通的一天。

不争，也有属于你的世界

我大二的时候找了一份在杂志发行部的实习工作，主要负责杂志征订。其实就是销售杂志，给已经到期或者快到期的客户打电话，让他们续订。争抢读者名单成了办公室的主要矛盾，作为新人，我能抢到的读者名单少，可是业绩标准却和别人一样。于是我参与到无止境的读者名单争夺"大战"，并且在这种"战斗"中精疲力尽。

后来跟我妈聊这事，我妈说："当你的能力不足以支撑你的目标的时候，要慢下来，甚至停下来学习。"在那学期选课的时候，我选修了营销学。跟营销课老师学习了之后，根据他的建议，我开始在网上发我们杂志外籍顾问的文章，通过这个方法收集了大量的邮箱，每周更新一篇电子邮件发到这些邮箱。在外籍顾问的文章下面，写上外籍顾问文章在杂志的更新频率及杂志其他栏目。就这样开始了不要读者名单也能轻松完成业绩标准的实习工作。

前一阵跟前辈们聚会，讨论的主题是"为什么现在培训班这么火，而出版业在衰落"。一位做培训的前辈说，一本书五十块钱够贵的了吧！卖一万册才多少钱？一场培训，把整本书的大纲讲一讲而已，定价至少一千元吧！有二千人参加就赚得不少了。现在的人都踏实不下来读书，书得一页页地看，培训班听一天多省事。现在大家的生活节奏越来越快，越来越忙，吃饭要求快餐，睡觉要求高效睡眠，上课要上速成班，很少有慢下来思考的机会，别人争什么，抢什么，我们也跟着随大流。很少有机会想，我是不是把基础打好了，是不是应该打基础。

读《五星级服务》的时候，作者很实在地指出："在没有掌握这方面的基本概念之前，学习更专业的高级课程毫无用处。同样地，要先满足一定的前提条件才能提供卓越的、以建立客户忠诚度为目的的服务。"很多时候，我们就怕比别人差了，就怕输在起跑线上。遗憾的是，人生不是一场比赛，没有所谓的起跑线。很多人看别人创业，自己也创业，别人干得挺好的，他自己却不行。实际上行动之前，评估出自己做了多少准备，是不是把基础的东西做好了，才是后面是否成功的根本。罗曼•罗兰说："人们常觉得准备的阶段是在浪费时间，只有当真正的机会来临，而自己没有能力把握的时候，才能觉悟到自己平时没有准备才是浪费了时间。"

跟我爸一起看电影《蛋炒饭》，王大卫的父亲教王大卫做菜时候说："要慢，别人越快的时候，你越要慢。"我爸特别喜欢这句话，聊天的时候几次提起。他说我做什么事都着急，都手快，他很担心我把握不住自己。其实做事的三个关键"稳、准、狠"中,稳排第一,准排第二。快固然重要,但是那得是想明白了,把该下手的地方看明白了以后才能快。把事情琢磨到了火候,知道"裉节"在哪儿,才能事半功倍。别着急,尤其是年轻的时候,做什么都别着急,把自己要什么想明白了再动。很多事情按部就班地做,不争,也有属于你的世界。而当你生怕比别人慢了一步的时候,反而可能走错了方向。

完善自我的过程

我毕生的梦想，就是嫁一个跟我相爱的人，幸福地生活。为了这个梦想，我尽可能使自己强大，使自己优秀，使自己有能力，这样我就有能力爱我想爱的人，让我爱的人爱我。无论任何情况，我都不用为了别的原因，放开他的手。

过去我觉得这个目标特别难以达成，然后我非常的努力，可是嫁给他之后我才发现，其实并没那么难。我之前把第一段当广播发了，很多人劝我别秀恩爱，小心搬起石头砸自己的脚。我很小的时候，我妈给我一个绘本，里面有句话影响了我过去的所有岁月："在这个世界上什么都有可能不是你的，无论你曾经为此付出过多少。无论如何，曾经努力过，曾经很用心地去想实现过就是一件有意义的事，虽然人们往往只在意结果。"最后结果不好又怎么样呢？难道就因为最后结果不好，过程中的快乐、幸福、成长就都不是收获了吗？其实有很多东西比结果更重要，它至少充实了岁月，多彩了人生。

有一次跟外籍顾问聊天,问他为什么会这么成功。老头笑笑说,我只不过控制我的生活,没有被生活推着走。本周聚会,我们聊的就是这个话题,我提到我最近看的书《你原本无需这么辛苦》里的一句话"人生是一个不断完善自我和获取成就的过程"。回家之后我自己总结,其实掌控生活、获得成就,无非就三步:先认清自己,然后树立目标,实现想要的生活。

如何认清自己呢?我以前常用的方法,就是列一张表,写上自己有什么技能,擅长什么,优点是什么,缺点是什么,拥有什么财产,挣多少钱,花多少钱,有多少朋友,多少依靠。列表的过程,也是思考的过程,清醒认识自己的过程。

树立目标这问题以前我没思考过,我的目标都是我一开始就知道的。某次请教前辈,他给我介绍了一种他爸教他的方法,就是算算自己,吃饱穿暖要花多少钱,然后想想自己的能力怎么能挣够吃饱穿暖的钱。接下来想象你自己最想要的生活。如果这种方法无效,前辈又给我提供了另外一种方法,就是假设你有一个亿了,你现在打算过什么样的生活。

实现想要的生活就比较简单了,只有一条捷径,那就是专注。专注于自己的目标,不要分散自己的精力,让自己做的所有事都围绕着这个目标。

人生在世，无非四件事：读书、历事、见人、行路。而当这四件事都为了你的目标而转，你掌控这四件事就容易得多，实现目标也就不是一件很难的事了。做了不一定能实现，但不做一定不会实现。没试过的人不会因为没实现梦想而难过，因为他一开始就放弃了梦想。

最后用我最近写的推广文案做结束语：闲时喝茶，回顾过去的岁月，总会发觉：何时决定实习、何时选择职业、何时进修、何时恋爱、何时结婚，这些改变了生活，决定了命运的巨变。你做出抉择的那一日，就如站在了十字路口，在记忆中平淡无奇，当时还以为是普通的一天。

如果你渴望前行，就不会停下脚步

有个友邻发邮件给我，问我为什么能够保持阅读和写书评的习惯，这可能跟我读书的时候一直做图书管理员有关。我读书的时候，还不流行课外班什么的，大家的假期很宽松，基本上四个字能概括："疯玩傻闹"。老师在班干部的竞选会快结束的时候，说每班还有一个人可以是图书管理员，我对管理别人没有兴趣，但对读书有兴趣。于是我是唯一一个想应征这个职位的人。而这个职位，一直到我求学生活的结束，一直属于我。我有次问我妈，我每天读书、写笔记，会不会浪费很多时间，我妈给我看她写过的信，说你以后想回忆的时候，这些东西都能带给你回忆。可是你的同学们却不一定能保存住，因为他们无所事事地闲聊，漫无目的地瞎逛。

多年以后在一本书里看到这么一句话："要么阅读，要么旅行，身体和心灵总有一个要在路上。"我才意识到，其实这些阅读，让我找到自己想要的生活，认清真的自我。旅行是对自我的阅读，阅读是自我的旅行。阅读，是从内心深处发现自我的方法；旅行，是从外在遇见自我的方法，都能引发关于自我的思考，进而找到真正的自己，发现自己想成为的自己。很多时候，我们没有找到前行的动力，所以总会停下脚步。

建立书评群这么久，我发现有人会有这样的疑问："万一我读了这本书，这本书不好怎么办？"我总会反问她："万一你没读这本书，这本书很好怎么办？"还有人会问："你们每年读100多本书，这是不可能的，看几天就写一本的书评也是不可能的。"我们也总会问他："你没试过，怎么知道的呢？"

前一段看见的一段广告文案：如果你渴望前行，就不会停下脚步；如果你拥有梦想，就会坚持到底；如果你感受到它，就会无所畏惧。不管在哪里，不管做什么，激情驱动你的力量，创造真的奇迹。

很多时候，我们总是纠结于过去，不停地找各种理由，给自己很多借口，证明自己的糟糕状态不是自己的问题，而不愿意鼓起勇气改变自己。露易丝·海的《生命的重建》有这样一段话："我们必须选择释怀过去，并原谅每一个人，包括我们自己。我们可能不知道该怎样原谅，也可能不想原谅，但我们说出心甘情愿地原谅这句话时，就开始了疗伤过程。如果要自我疗伤，释怀过去并原谅每一个人就成了必须遵守的诫命。"

在一次参加理财规划师课程的时候，老师说到理财计划的建立与执行："一旦明确了你想要达到的财务目标，一定要想出一个能实现它的计划。你应当严格控制预算。你也应当发挥自己的技能和天赋制订出能给你带来更多收入的方案。"

老师管这个叫"一鼓作气，再而衰，三而竭"。设计目标，把它当成一个理想，用尽一切方法，一切智慧，付出一切努力实现它。所谓拖延症，只是你给自己找的一个借口。如果你从内心里就希望能够实现它，就像那句广告词里说："如果你渴望前行，就不会停下脚步。"

不要因为走得太快,忘了一开始的方向

我真的很少失眠,特别少,下午接到了朋友小忠的电话,听到一个男人的哭泣其实没什么,但听完以后心里一直闷闷的,有口气,咽不下去,吐不出来。有句话说,爱她,就给她想要的。

小忠和晓月都是我的朋友,年轻的时候,我们常在一起,我从没有觉得,他们的感情应该有什么意外。多年以前,下班后的时间,单身的我和晓月在厨房聊天,吃她做的龟苓膏,听她教我煲汤。然后看着她把煲好的汤装进保温杯,拿去给小忠喝。也会在周末的早上躺在被窝里,听到她早早起床洗漱去小忠住处的声音。

多年后,他们顺利地结婚。去年,我还在想,他们会不会比我们先有宝宝呢。晓月的事业很顺利,小忠为了追赶晓月,非常地努力,奋斗得天昏地暗,事业也越来越好。然后就有了小忠经常不回家,而小忠又希望晓月能够理解他,不要给他打电话问什么时候回家。而在他回家的时候，晓月一定要在家，好好地照顾他，给他准备干净的衣服，整洁的家，可口的饭菜。

我问晓月为什么会提出离婚，晓月说：很长时间里，我总觉得自己丢了什么，可是仔细想又想不起来。那天像往常一样，下班以后，小忠去应酬，我自己在家看电视，电视上播《北京遇上西雅图》，看着汤唯蜷缩在大屋子的一角，给孩子的父亲打电话说，不是因为钱，你不在我心里了。我坐在沙发上，突然就笑了，然后就哭了。我想起我丢什么了，我把小忠从我心里丢了，他不在我心里了。无数次我想跟他说说话，可是他回家的时间那么少，除了睡觉不想做什么。难得清醒的时候，跟他谈什么，他会一脸不耐烦地说："你能别折腾吗？消停点儿，我挣钱不都是为了你吗？！"女人最好的十年，都给了这个男人了，可是到头来才发现，他不在我心里了。跟他说了，像往常一样，他也没当真，让我消停点儿。第二天到公司，跟领导谈，借调外地半年。到了陌生的城市，每天忙着自己的事，不用等他到半夜，不用自己面对空荡荡的房间，跟同事们学打沙滩排球，出海航行，我才想起来，这才是我想过的日子，每天快快乐乐地做想做的事。从家里搬出三天以后，他打电话问我："你怎么没洗衬衫呀？"他不是那个能站在单位门口从怀里掏出暖水袋的他了，可能我们都不是当初的自己了。没事的时候看张小娴的书，书里有这么一段：有些人的一生，是直达车。有些人却是慢车，中间总要经过许多站，经历许多人。有人总是下错站，坐过头，不是错失了窗外的风景，就是错过了身旁的人。

小忠说：这么多年，天天这么费劲儿，这么拼命，不就是想让她过上好日子吗？！现在该有的都有了，她怎么就不想过了。我开始以为她闹脾气，可是后来她真的一个礼拜没回来，没有人收拾屋子，没人洗衣服。小时工收拾完屋子，洗了衣服，我看着、闻着怎么都不对劲儿。我给她打电话，她说调外地去了，等我平静了，通知她回来办手续就行了。她说我不在她心里了，我问她是不是有别人了，她说不是。这到底是怎么了？！

我很认真地问小忠，你知道她想要什么吗？小忠说，我把钱都给她，她能买她想要的东西。我沉默不语，我丈夫拿过电话说：她一自己就能攒钱买房的姑娘，她要钱自己就挣了。昨晚劝小忠的时候，我说大家换位思考一下，如果你是女人，你想跟你老公吵架，你老公跟你说"别闹了，消停点儿"，三天以后才发现你从家里搬出去了。你觉得这日子还能过吗？

其实无论是事业还是感情，有时候我们会因为走得太快，忘了一开始的方向。而留住一个人，不是给她金山银山，有时候只是一个拥抱，一个早点儿回家的习惯，一个表示珍惜的笑容。成为自己爱的人心之所向的人，不难，但是不花心思，真的不行。回复里有人提到《玩偶之家》的娜拉，女人就是这样，不怕伤心，就怕死心。娶老婆不是买布娃娃，摆家里就行。爱一个人很多时候不是体现在钱上，而是看肯为她花多少时间。每天说着我赚钱上班不都是为了你吗，是否想过，是她想要还是你想要？她真的想要什么？她想要空荡荡的大房子，还是温暖的小家？她想要高档汽车的音响，还是丈夫的耳语？她想要大厨房做饭，还是想让你喝她煲的汤，吃她做的饭？婚姻中的所有事情，一个巴掌拍不响的。当她被冷落得太久，她就会找到自己的生活，她就不肯再为你花时间了。可惜，很多事情，知难行易。

另外一个男性朋友劝小忠的话也有道理：确定关系之前最好先想清楚，如果想省事，就找那种给钱就觉得很幸福，自己能找乐子的女人；而如果你想追求爱，想要精神需求高的姑娘，就多花心思。说白了，婚姻是相互需求的，你得想明白对方要什么，你想找省事的就别找那种占用你时间特别多的女人；找物质要求高的姑娘，就多挣钱，多给人家钱，别埋怨人家花你钱；你爱她多，就得改变自己；她爱你多，她就改变自己。不过要是找收拾屋子、洗衣服、做饭的女人就不用结婚了，请保姆就行了。

活到点子上

早上打开微信,有人发给我这样一段话:有人一下子就能够活到点子上,有人一辈子不着边际。活到点子上就是能够专注于对生命最重要的事情:第一,有一个自己特别喜欢做的事情,而且这个事情能够养活自己;第二,对于生命不需要的财富没有过分的贪欲,能够云淡风轻;第三,有一个可以专注一生去爱的人,可以相伴终生。

觉得真是好,发到豆瓣广播上,友邻"赈早见琉璃主"觉得和罗素的《我为什么活着》遥相呼应,我也这么想,其实说白了,生活就是这么几件事。大家之所以会追成功学呀、励志呀、心理呀,说到底都是想追寻自我管理,找到生活的平衡点。

最近读李叔同的《转身遇到佛》,里面关于自我改变的论题的三个步骤是学习、自省、改变。这的确是很棒的总结。我总是劝还在学校里的弟弟妹妹、侄子外甥们利用暑假出去打工,找到自己喜欢的东西,然后剩下的就是努力去做自己喜欢的事。越早找到自己喜欢、想做的事，越早开始努力，就越早能得到乐趣，当这种努力得到反馈，会成为一种巨大的能量影响生活的方方面面。很多时候、很多人随大流，人家创业，他也创业，干着干着没激情了，发现原来这不是自己喜欢的东西。或者一直迷茫，做自己不喜欢的事，等发现自己喜欢的事，已经没有选择的余地了。

想要的多的，止损都深，而活得很累、很痛苦的原因，也在于想要的太多，这可能和现代社会的压力大、竞争激烈、人心浮躁有关。大家都觉得出人头地、封妻荫子才能算成功，忽视自身是不是真的幸福快乐。而当得到了普通认知上的"好东西"，才察觉有哪儿不对劲儿，又说不出来。就像《无极》里刘烨演的那个角色的台词："我没有对不起任何人，但是我现在知道我错了，其实我一直对不起一个人，那就是我自己。"我们一直努力追逐，然后得到一大堆别人想要的东西，回头发现忘了自己想要什么了。从一开始就找到并且明确自己喜欢做的事之后，为之努力，人生有了寄托，对于那些不必要的财富克制能力就强。

相伴终生是一个很大的话题，我觉得它是由两部分组成的，一个是爱别人，另外一个是让别人爱自己。爱是一种能力，出于本能的能力，以前单身聚会的总结里有过这么一句话：一切都不是问题，问题在于我没有在他心里。不得不说，不是我没有遇到对的人，而是我没有学会把我自己放进我心里那个人的心里。其实这个主题，是既不会爱别人，也不会让别人爱自己的表现。艾里希·弗洛姆《爱的艺术》里论述爱别人的能力时说:"人们认为爱的问题是一个对象问题,而不是能力问题。他们认为爱本身十分简单,困难在于找到爱或者被爱的对象。爱首先并不是同某个特殊的人的关系,而更多的是一种态度,一种性格上的倾向。"爱不是占有、索取,爱很大程度上是一种关怀、责任。弗洛姆在论述让别人爱自己的观点里认为:"如果你在爱别人,但却没有唤起他人的爱,也就是你的爱作为一种爱情不能使对方产生爱情,如果作为一个正在爱的人你不能把自己变成一个被人爱的人,那么你的爱情是软弱无力的,是一种不幸。"我很赞同这个观点,这真的是一种不幸。我喜欢的一个绘本的名字叫《走在变得更好的路上》,里面的结束语是:走在变得更好的路上,遇到最好的人。在《爱出色》里,汪小菲没钱、没背景,但是用摄影师的话说:"她有光!"她就能吸引别人,得到别人的爱。以前写过一篇讨论这事的文章,有个友邻提出最低的标准是做一个"不一定有益,但是一定要无害的人"。

以前我去寺里玩的时候,蹭听一位老师父给小师父们讲经的一句话,忘了出自哪儿了:倾听比表达更好,付出比索取更好,理解比争论更好;放下的越多,得到的越多。不光要倾听别人,也要倾听自己,不妨停下来思考一下,找到自己心灵的归宿。

未来的你 是现在的你所造

　　前几天和几个豆瓣的朋友小聚，聊天的时候有人说道："如果明白自己想要什么，那么找到相契合的伴侣就是一件自然而然的事。"其实这不是第一个说这话的朋友，之前跟一位前辈聊天的时候，前辈也说：人为什么会成长，是因为思考，思考是个很微妙的事，知识不够思考得就不清楚，可是阅历不够思考得又不透彻。最好的办法就是多读书，读好书，这样思考的时候就可以借别人的经历思考自己的事，举一反三，触类旁通。而写东西更是一个思考、想明白的过程。

　　很久以前，那段时间我不怎么读书，每天都被那些五光十色的人和物吸引着。一个昏昏欲睡的下午，我的一位长辈劝告我，读书吧，读书能让你静下来，心静了，你才能空出来想事。很多时候我们想不明白自己想要什么，是我们的心不静。石康说：阅读使人有机会于较远处看世界，当然它并不妨碍你投入世俗生活。从此之后，即使你比别人投入，也会下意识地知道自己身处哪一块微小的部分，以此全面而清晰地看待你与这个世界的联系。总体来讲，阅读并不影响正常的生活，而你却多了一个对付孤独的手段：你比别人更不怕一个人呆着。

我是个非常幸运的人，有位睿智而善良的老师，他在我年轻的时候总是提醒我，如果能比别人先想明白，先努力，你的路就顺遂，就少摔跟头。二十岁的时候开始努力和三十岁的时候开始努力是截然不同的两种状态，二十岁的时候你做错了，你年轻人家有借口宽容你，三十岁的时候还能找什么借口？二十岁的时候熬夜加班一个晚上，第二天依然生龙活虎地工作，三十岁的时候，你还有这个精力吗？！清楚地认清自己，我是谁？我有什么？我想要什么？不要和别人比，你改变不了自己的出身，为攀比这些事花心思没有意义。想明白你想要什么，自己的底线是什么，怎么得到你想要的东西。越早想明白这些，越有机会实现你的理想。年轻的时候你的父母健康，家庭要你负担的东西很少，时间和精力多，更容易去追寻自己想要的东西，而等你过了而立之年，事情会越来越艰难。

曾经兼职过的一位公司的副董事长总是去墓地，他说通过那些墓志铭能了解一个个鲜活的生命是如何枯萎的，想出那些安静的睡在苍茫大地下的人们有什么得失。当你看完他们再反思自己的时候，才会知道自己该放弃什么，该珍惜什么。我喜欢爬山，每次有困惑的时候我都去爬山，一边爬一边想，山中安静而清新，身体在重复的运动中放松，在山顶树林中思考出答案。

下午的时候跟远方的朋友谈论生活的琐事,他说她最近读的索甲仁波切的《西藏生死书》中有一段话:诚如佛陀所说:"现在的你,是过去的你所造;未来的你,是现在的你所造。"莲花生大士进一步说:"如果你想知道你的过去世,看一看你现在的状况;如果你想知道你的未来世,看看你目前的行为。"

想到有一年去绵山寺,求签的时候老师说:想要命运善待你,就先想好如何对待生命!

给自己一个机会

我家院里有棵玉兰,因为院里暖和,每年都早早地开花。我以前总想开这么早,天气这么冷,那些没有树叶配、没有青草和、孤单单的花朵需要多大的勇气才能绽放。终于等到树叶要出来的时候,花却已经败了。在今年玉兰花开的时候,我做了个媒。而在玉兰叶出来的时候,我将赴谢媒宴。

男生大Z和我师从于同一个老师,已过而立之年的他,单身已久。第一次婚姻,让他损失了年轻时候打拼出来的积蓄,也赐给了他一个粉雕玉琢的女儿。离婚后他与父母同住,父母帮他带孩子,而他忙于事业,不过这么长时间单身的主要原因,是他女儿让大多数想跟他交往的女生望而却步。

女生大H的已故前夫是我以前合作过的一个团队主管,我和她前夫关系很好,在他们当年的婚礼中充当临时救场的伴娘。他们结婚以后,我和大H才开始熟识,大H高中的时候父母因为车祸身亡,她和弟弟靠着赔偿款上学,赔偿款用完了,她就放弃考研参加工作供弟弟上学。她弟弟出国留学，顺利留在国外。她以为困难已经结束之后，嫁给了前夫，结婚三年以后丈夫过世。

我和大H成为闺蜜，是她在丈夫过世以后。她公公婆婆受不了打击双双病倒，她公公做了心脏支架手术在重症监护，婆婆因轻微脑血栓留院观察。她想换个工作方便照顾老人，问我能不能帮她留意。我去医院看她公公婆婆的时候，已经丧偶半年的她暴瘦了三十斤，外套像挂在衣架上一样空荡荡的。坐在医院的长椅上，我说："要不找亲戚帮忙。"她说："公公是独生子，没什么亲戚。婆婆有个弟弟也脑血栓了，怎么好让人家来帮忙。我和护工轮班，能忙得过来，就是公司有意见，所以想换个工作。"那个时候，我都不知道说什么，说什么都是苍白无力的。

有一次护工临时有事，我帮她去照看她婆婆，跟她婆婆聊天的时候，老太太说："我们刚病的时候，我和她说我们真是不应该娶你，拖累你了。她说幸亏娶我了，要不您和我爸可怎么办呀。"后来很长时间，我都忘不了老太太在病房的哭泣，尽管她可能不光哭对儿媳妇的愧疚，可能哭的是独子逝去，也可能是哭自己，但那都是让人心酸的无助。

正好冬天的时候一起泡温泉，大H提出如果有合适的男人就介绍给她，我说起大Z还不错。另外一个朋友就说："去了就给人家当后妈呀？！"没想到大H反而无所谓地说："我还丧偶呢！总要给自己一次机会试试。"开春一起骑马，我想给他们引见一下，大H提出想看看孩子，于是约了一起马场见。可是本来玩得挺好的小朋友知道还有一个阿姨会来以后，反应非常激烈，强烈要求回家。好在在他们准备去停车场的时候，大H赶到了，互相换了名片，大H听他们说要回去了，就说我跟你们一起走吧！我想这样也好呀，正好他们路上可以聊聊。可是小朋友又不干了，嚷着不要坐爷爷的车，要坐爸爸的车。大H出人意料地说："好呀，我抱着你坐。"

之后他们交往的事，我没有再问过，可是没多久，他们就提出要一起吃饭，谢媒宴。我说你们这么大岁数还搞闪婚呀？他们说这不这么久双方父母都没见过面，借这个机会见个面。我很好奇，他们俩怎么这么快就做出决定了。

大H

第一次见面和我想的差不多，小M是个非常漂亮的小姑娘，当然还带着满满的敌意。像所有父亲一样大Z很在意这个孩子。所以第一次见面回去的路上，我就没怎么跟大Z沟通，一直在跟这个孩子聊天。像所有小女孩一样，她意识到你喜欢她之后会减轻对你的敌意，然后被美丽的衣服吸引。她开始跟我聊天，问我裙子在哪儿买的，有没有她能穿的。得知我和她一样在学习跳舞以后，她很兴奋，问我在哪儿学的，老师好不好。聊了一路，我们甚至约好下次去我学跳舞的地方看看。

大Z几次约我出去，我都要他带小M一起，然后三个人一起去吃饭。我带她去我学跳舞的地方，她自己提出想跟我的老师学，我说这个你得回去跟你奶奶商量一下。一次大Z家里有事，他父母不能接孩子，他又加班，想让我帮忙接小M，我生怕出什么差错，直接请假下午没去上班。吃过午饭，早早等在幼儿园门口，看门大爷看我这么早来了，问我接谁。

我说接小三班小M，他热情地帮我去叫，说跟老师说一下就能提前接走。老师带小M来，跟大Z通电话，然后跟小M核实是不是认识我，查看登记我的身份证后让我把孩子带走了。我带她回家，公婆已经提前做好饭，吃完饭，婆婆带着小M弹琴，小M乐感很好，很喜欢我婆婆，大Z来接的时候都不想走了，直到公公说过几天有音乐会，带她一起去听，才不情愿地回家。两个老人也很久没有这么高兴了，婆婆甚至在睡觉前，说如果当年我们能有个孩子，现在也是小M这么大了。

没想到大Z突然对我这么主动，竟然在第二天中午来公司找我吃饭。我正好有个会要开，迟到了，他应该等了一段时间了，烟灰缸里满是烟头，见我来，把刚点着的烟掐了。他跟我道谢，我问起他的工作，他说起最近业务的局限和未来的规划。我从我的角度跟他探讨，聊着聊着就忘了时间，午饭进行了将近两个小时。他吃饭好像不太讲究，什么都能凑合，没想到竟然会做饭，听他的意思好像厨艺还不错。

和小M的第一次矛盾是在音乐会的门口，按照礼仪，她不能带吃的进去，可她坚持要带爆米花，我有点儿手足无措。大Z非常尴尬地呵斥她，她倔强地站在门口，眼泪汪汪地看着父亲。我深呼吸蹲在她面前，跟她说："你不是喜欢穿凉鞋吗？可是冬天穿凉鞋会很冷，会感冒，要打针。你喜欢什么就要尊重它，你喜欢音乐，就要尊重音乐，一边听一边吃东西，它不高兴就不出声，我们也都不能听了。"她趴在我耳边说："可是我很饿，没有爆米花会死的。"我也小声跟她说："真的呀，我为了听音乐，特意没吃饭就赶过来了，也很饿，这样我们俩去吃东西，让其他人先进去，吃饱再和他们会合！"她想了想，说好的。我让公婆和大Z都先进去，带她吃了三明治分吃了爆米花然后进场。为了不打扰别人，我带她坐在后面，她想和爸爸坐一起，我跟她解释这样会让其他人不喜欢我们，她很肯定地说，"那我们就坐后面吧！"非常的干脆，好像这个决定是她想的，小模样非常的可爱。给大Z发了短信，侧过来看她的时候，发现她已经很认真地听音乐了，小手在腿上打着节拍。大Z表现也很意外，中场休息的时候，他竟然走过来，说跟我们坐在一起可以帮我照顾小M，我婆婆也给我发短信让我跟他们父女坐后面好了。下半场开始的时候，他拉住了我的手，我们对视了一下，竟然默契地笑了。

晚上回家的路上，婆婆不免八卦地问我："大Z人不错，他一个月挣多少钱呀？"公公不悦地说："孩子开车呢，你别干扰她。她觉得人好才行，你别跟着瞎出主意。"婆婆洗澡的时候，公公跟我说："只要人好，别在意钱，我和你妈还有点儿积蓄，给你结婚用。"跟弟弟远程视频，说起这个事，弟弟兴奋地要看看照片，更提出确定关系之前，他要回来看看，让我哭笑不得。

几天以后，我去舞房，做准备活动的时候，刚把脸贴腿上，就听见旁边蹬蹬的脚步声，侧头一看，小M明媚的小脸绽开甜甜的笑容，一下扑到我怀里，得意地说："我就说她在这儿吧？！"大Z站在门口，笑着看着我。一位不太熟的同学说道："H姐，你女儿好漂亮呀，你老公这么早就来接你呀！"我起身说我去换衣服，去了更衣室，路上突然想让这误会变成真的。

大Z

我已经单身好几年了，离婚的时候，前妻要求财产归她，房子、钱、车都给她了。我觉得这都没关系，反正我有工作，都能重新挣回来。孩子她不要，我带着孩子回家住，我妈提前退休在家给我看孩子。刚开始的时候，我觉得我会再婚，这就不是问题，不过这个想法很快被我妈惯坏的女儿否定了，她对一切企图跟她分享爸爸的女人都充满了敌意，尽她所能地攻击对方，让对方难堪。落荒而逃的姑娘们，十个手指头都数不过来了，我也放弃了。等小M再大点儿，懂事了再说吧。

我看见H第一眼的时候，她走到我身边，不知道是不是错觉，我闻到了儿时熟悉的太阳的味道。换了名片，我女儿没意外地跑过来提要求，我等着H尴尬地告辞，可H出乎意料地没有一点儿觉得难堪，她随和地抱着小M上车，以至于我从停车场出来才从震惊中反应过来。一路上她们俩聊着乱七八糟的事，好像久别重逢的故友。

H是个很有意思的女人，她应该是对我有好感的，否则不会我每次约她，她都答应。可是她每次都会让我带着小M，而且跟小M说的话比我多。小M喜欢她的程度甚至超过我妈，把幼儿园有哪些男孩喜欢她都告诉H，这些话，她都没有告诉过我妈。不过我也发现了H的另一面，她竟然在学跳舞，小M跟她去跳舞之后，回来之后就每天跟我妈要求换舞蹈老师，要跟H一起去学跳舞。我妈嫌那个地方学费太贵不同意，小M大哭了一顿。一次小M去H家玩了一下午以后，小M和H的关系已经不可动摇了。我妈有一次说，H那么瘦会不会有什么毛病，小M竟然站在椅子上大喊，不许说H阿姨，H阿姨最好了。

我越来越想接近这个女人，不光我的女儿喜欢她，我自己也不能自拔。第二天中午，在给她打了两个电话她都没接以后，我竟然去了她单位附近，找借口要和她吃午饭。等她的时候，时间过得特别慢，在我点燃最后一根烟的时候,她出现了。为了多跟她待会儿,在那顿午饭里我比平时一个星期说的话都多,可是我还是想说,就像遇到一个知音。她不像我前妻那样只会聊买东西、美容、按摩。她很懂管理,甚至对我对公司未来的规划都能听懂,并且给我提出了很多我之前没有考虑到的结点。

后来我们一起去听音乐会的时候,小M又一次开始闹脾气,我突然莫名地恐惧,如果H因为这件事而讨厌小M,我该怎么办。H又一次给了我惊喜,她不但安抚了小M,还让小M对她更崇拜了。中场的时候,我想过去跟他们一起坐,H正在给小M讲解上半场曲目的来历、作者、使用的乐器,小M崇拜地看着她,眼中充满欣喜。下半场的时候,我试探地拉她的手,她有力地回握我,她的手微微粗糙但很温暖。

有一天我带着小M去舞房找她,有个人误会了,说:"H姐,你女儿好漂亮呀,你老公这么早就来接你呀!"她没有解释,也没有不悦,而是笑着起身说去换衣服,去了更衣室。我们站在门口等她的时候,小M跟我说:"爸爸,我想让H阿姨给我做妈妈。"

我

就写到这儿吧,我要梳洗打扮去参加"谢媒宴"了,刚才洗澡的时候,看着蒸汽,突然想起H姐的那句"给自己一个机会"。人生路长,我们总会遇到坎坷,坎坷过后,不要忘了给自己一个机会。窗外玉兰树春意正浓……

文 ● 王逅逅

让 生 活 适 应 你

也许让你真正快乐的并不是爬到金字塔的顶端,而是知道你并不想爬到顶端;也许让你快乐的是你知道你就想到顶端,于是你不会回头看。当你对自己有了明确的标准,你就不用在乎别人的标准,他们在你身后在你耳边说什么都无所谓。就像那个小时候的故事:两个人走进一个藏宝洞,一个人拿走自己需要的几根金条然后离开;另一个人想拿走全部的珠宝,结果洞门关闭了,最后死在了里面。你说谁更快乐呢?但是如果有一个人,他就是喜欢满手珠宝的感觉,于是他选择和珠宝在一起,被埋葬在山洞里,那么他也是快乐的。

白人社会中的亚洲人

今年春节我是在纽约度过的,这也是我的第一次"港式春节"。在布鲁克林区的一个海鲜餐馆里,我和一个香港朋友的姐姐,还有她请来的三十多位朋友拼了两个大桌,吃了十道海鲜,喝大瓶的可乐雪碧,聊天到半夜。

香港姑娘叫作Cindy,父母都有美国护照,自己也是在美国出生,是美国公民,但是在香港长大。Cindy从小上的是国际学校,可以说广东话,但是不太会写中文。我曾去过Cindy上学的国际学校,在山上,有种与世隔绝的感觉。从学校的装潢还有贴在外面的各种海报来看,和美国的私立高中没有什么区别,只不过学校里的亚裔估计占了大多数。

Cindy坐在我旁边,一边吃龙虾一边跟我聊天。Cindy忽然跟我说,她的白人男友的好朋友是个金发姑娘,这让她很没有安全感,因为她觉得这个姑娘实在是太漂亮了。

首先我认识这个金发姑娘,她除了有一头金发以外,在白人姑娘中真的不算好看的。其次我觉得Cindy是个100%的亚洲人,她和那个姑娘全身上下不一样的地方太多了,这在我看来是完全不能比较的啊。

"你不明白,"她说,"在香港,是白人你就拥有了一切。所有人都想跟白人玩儿,白人姑娘到哪里都有人去搭讪。我们以前运动会的时候和当地的高中比赛,我们的教练都得站在学生的座位前面去挡来向白人男生要电话的香港女生……然后那些男生就哈哈笑着,把自己的电话写在小纸条上,抛向那些女生。"

"哇,"我说,"我真不知道是这样的。我在北京上学的时候,学校里也有一些国际学生,但是大家似乎把他们更当外国人看,而没有那种特别想跟他们做朋友的欲望。"

"哎……"Cindy说,"其实我每次听到美国学生去内地然后玩得特别开心都很难受。有的时候我就想听点儿他们不那么受欢迎的故事。在香港,他们真的总是被特别对待。"

为了安抚她,我给她讲了一个我的美国朋友在北京长大总是被人叫"大鼻子"的故事。她哈哈大笑:"还有吗还有吗?"

我于是跟她说,在北京,我不觉得外国人能够真正融入中国人的生活,他们都住在特定的一片地区,有着和中国人迥异的生活习惯。而我认识的中国人中，没几个会特别羡慕或者愿意去融入外国人圈子的。Cindy听完，两眼发亮："我一定要去北京！"她说："虽然我好多朋友从内地回来都说特别不喜欢，但我现在好想去！我觉得我从小就没怎么接受过中国传统教育，现在连中文都不会说……来到美国又觉得不能完全融入……"

　　Cindy不是我第一个遇见对自己的文化如此进退两难的亚裔人。我的另一个亚裔朋友Dorothy，是个在加州长大的ABC，她对于政治和保护少数族裔的权益非常感兴趣，而我是那种"哎呀何必生气管好自己就行了"的人。于是有一次在谈论亚裔学生在美国大学里受歧视的时候，我不在意地说："我从来都没觉得我受到过歧视。就连我在爱荷华小城的时候也没有觉得过。我没有把自己当成过一个亚洲人或者少数族裔，我是个外国人。"

　　"这正是你没感觉你受到歧视的原因，"Dorothy忽然说，"因为你是你们国家的大多数。你可以想象在你小的时候打开电视看不见和自己相像的脸孔、出门买衣服没有你的尺码、你在学校里不受欢迎的唯一原因是因为你和其他人长得不一样吗？"

　　我摇摇头。

　　"这不是一个人管好自己就可以解决的问题，"Dorothy说，"因为当你的父母经历了一样的排挤之后，你很难在一个自信的环境下成长。

这是一个美国社会需要一直努力改变的问题。"

有的时候我反思自己在美国的成长，我个人的自信一部分来自我美国接待家庭的支持——他们将我当女儿，而非一个亚洲人。另一部分来自于我在中国的安全感——我从未觉得我是这个社会的少数，所以从高中起我就认为别人有的我也理所应当有。在美国上高中的时候我是个啦啦队员，还代表我们学校在比赛前唱美国国歌。我记得那个时候有人曾经说："她都不是美国人凭什么唱国歌？"但是这个问题丝毫没有伤害到我，因为我在中国的时候从来没有遇到过这种境况。可是如果我真的在美国从小长大，那么我对于种族和歧视就一定会有更加切身的体会。毕竟，到了高中，大家都知道要"政治正确"，不能瞎说话，但是小孩经常口无遮拦，想什么就说什么。

所以我想，如果我以后有孩子，一定不会让她（他）在一个她（他）不是大多数的地方长大。因为无论你如何培育他的自信，这种环境的影响都是潜移默化而极其深远的。我永远会记得Cindy听到白人在中国受欺负时脸上那种向往和开心的表情。那时我是多么庆幸我在内地长大。

一个独立的女性

我的美国朋友O,是一个非常独立的女孩。她走路如风,总是戴着大耳机,脚踏登山靴,独来独往。她非常有想法,也很有行动力,作为政治学专业的她,总是去各种游行集会为少数族裔的权益而呼吁。

她做事果断,从不依赖别人,在课上她总是发言最积极的。她身边总是有很多羡慕她的女孩子——瞧,她是多么独立!

但是O有个秘密。她和男生A来往,A有女朋友。O一直想终结这段感情,但是又被迷人的A所吸引,并且掷地有声地跟我说:"我们没有感情,只是上床!我们的关系是互补的,我们各取所需,我对他毫无情感。"

可是O,作为一个二十多岁的女孩子,一直都在忙学校和社会的各种活动,对于A的英俊外表和甜言蜜语却毫无抵抗力。这段"外遇"就这么断断续续地持续了半年，忽然有一天晚上，她红着眼睛出现在我面前，然后说："Gogo，周三的时候，他半夜两点来到我的房间，连门都没敲就进来了，然后把我推醒，要和我上床。我说不，他就一直软磨硬泡，我继续说不，他就说如果我不同意他就不会走……所以我跟他上床了，但是我是被逼的。

"为什么我这么软弱？为什么我不能拒绝他？为什么我一点儿抵抗力都没有？完事以后，他马上就睡着了，我们连话都没说。我感觉我就像是他发泄欲望的工具，随叫随到。这一次我真的有种被性骚扰的感觉——我完全是被逼的。但是让我觉得最痛苦的是，我现在在这里，感觉自己一文不值的时候，他却在学校舞会里，什么都不知道……

"我的朋友让我去做心理治疗，但是我不能……我自己有错，我为什么要跟他在一起？我为什么与他藕断丝连？为什么？是不是全都是我自己的错？但是为什么他可以做任何他想做的事而不被惩罚？为什么我最终还是那个软弱的女人？"

她在我面前哭得昏天黑地，我从来没有见过这个女孩子这个样子。我见到的她，从来都是不在乎别人眼光的她，努力学习，努力去为别人争取权益的她。大家都觉得她是独立女性的典范，但是一个独立的女性，标准到底是什么呢？

难道是完全有男人一样的想法吗？《欲望都市》中的萨曼莎即如

此。她是个女强人，对于男人不想要感情只想要性，在纽约过着风花雪月的生活。但是同时男人又不会看低她，因为她有那么一种态度——女性的柔媚，却有着男性的果敢。即使是在谈判的时候，她都穿着大红色低胸装出席，既幽默，又字字说到点子上，让所有人都佩服。比起其他女人，她很少有脆弱的时候，因为她像男人一样思考，在她遇到难题的时候，她不会去钻牛角尖，而是马上转移去做另一件事情，并用幽默来化解它。但是即使是在纽约这般包容的大都市中，萨曼莎都是非常少见的个例，并且不被大多数人接受。

或者，是有着大部分女性多愁善感的天性但是在关键时刻显示出坚韧和担当的女人吗？就像很多单身母亲，被生活逼着开始学习独立，但又保持了母性。或者，是完全注重事业的女性？她们看上去什么都不在乎。如果不在乎，是不是就会减轻痛苦？

或者是那些把全部时间都用在自我提高上的女人，她们的心里不用装太多别人，所以也没有多少纠葛？还是那些努力的杜拉拉，一步一步往上走，越自私，越满足？

我们总是在电影和小说中看到那个我们想要成为的女性形象，我们想用我们的脆弱去换取她们的脆弱，然后获得她们的坚强。

但是到底什么是一个真正独立的女性，我也不知道。

关于O小姐的结局,我知道大家想看到O小姐昂首挺胸地走到A面前,然后说:"你对我而言一文不值。"但是这个电影里的场景在现实生活中没有发生。现实是,O小姐是个和我们都一样的女孩儿,她趴在床上哭,她坐在地上哭,她呆呆地望着窗外凋零的树,觉得自己什么都不是。她开始恨自己的身体,不想出去见人。就这样持续了两三天,她没去上课,也没怎么吃饭。直到那个周末,我拉她去城里吃晚饭,她喝醉了,然后看着我,说:"我觉得我就是这么被自己毁了的。"

我说不,这次完全是他的错,你完全不应该责怪自己。把O送回宿舍以后,我直接去了A的宿舍,他们一帮男生在喝酒打游戏。我说:"A你给我出来,现在。"A看到我脸色不对,慌慌张张跟我出来,我们站到宿舍后面。

我看到他迷茫的脸,怒火中烧。他完全不知道自己干了什么,也完全没有想到这会对O造成那么大的伤害。他不断地辩解,说他敲了门,说他问了她想怎么样,说他只是想和她说说话。他还求我,不要大声说话,怕别人听见。

我摇摇头:"我知道你有两个妹妹,来,你告诉我,如果有人这样对待你的妹妹,你会怎么样?"A忽然就崩溃了,他捂着脑袋,蹲在地上,哭得一塌糊涂。

"我之所以在这里好好跟你说话是因为O不愿意让别人知道这件事,

不然我早告诉学校了。你不要在这里跟我掩饰,你难道以为你没有伤害到你女朋友吗?你觉得你聪明,学校里没有人知道你以前背着你女朋友干的那些事?"

A忽然就惶恐了起来:"别人知道?"

"你在跟我搞笑吗?"我说,"你对不起你女朋友。别人都看低她,是因为她一直和你在一起。"

A平时那迷倒众生的样子不见了,他只是一个孩子,一个迷失的男孩子。"我现在告诉你你该做什么,"我说,"你要给她手写一封信,告诉她你多抱歉,她看不看是她的事,她告不告诉你女朋友也是她的事。但是你明天早上把这封信放到我的门下面,然后下面发生什么,我也不知道,不过你最好祈祷上帝她没事,不然你就完了。"

A不断地点头:"我写!我写!你让我写五封、写十封我都写!"最后我往回走的时候,他在我身后忽然说:"Gogo,你觉得我是个坏人吗?"我没有回头:"不,我不觉得你是个坏人,我只觉得你是个失败者。"

第二天早上八点,信就躺在门下面了。我去见了O,告诉了她一切,她不断地要求我重复他乞求的时候和恐惧的样子,然后拍手叫好,最终她读了信,她说他是个有很多问题的男人,而这是一封很坦诚的信。

现在一切都结束了。他们就像一切都没有发生过一样生活。O继续去各种抗议游行，每天忙忙碌碌，A难过了一阵子，但是很快继续和其他女人调情。也许，没有什么是"独立"或者"不独立"，我们都在成长成那个我们想变成的女性，只是时间问题而已。

为什么女性不幽默

因为美国大学从大三才开始分专业,所以我在瞎上了两年各种奇葩课程之后,今年开始专注文学系的课程。我倒是喜欢这些课,但是整体的氛围让我觉得非常无聊。十几个女生围坐一桌讨论莎士比亚和弥尔顿,没有人说什么尖刻的话也没有人说什么愚蠢的话。半个学期过去了,我甚至都想去旁听一个经济课来弥补我怀念的那种氛围——那种有男生的氛围。

全是女生的课到底是为什么会如此无聊呢?我开始想这个问题。那天晚上学校有个"丛林"为主题的晚会,我去了。我的一些男生朋友们头戴各种动物的面具站在外头聊天,而女生们则在室内各自凑成一队跳舞。我和几个女生聊了两句,基本上也就是"你这裙子真漂亮""你课上的怎么样了?"这样不痛不痒的客气话。然后我走出门去,开始和我的男生朋友们聊天。一个戴着斑马面具的朋友直接过来就推了我肩膀一下:"嗯!我怎么一星期都没见到你?你想干吗啊?"

"我对斑马没兴趣，"我说，"你过得怎么样？你不是腿断了吗？怎么，接好了没？"

"本来接好了的，结果他又把它咬断了！"斑马指着旁边的狮子，"都怪你。"

"好吃吗？"我问。

狮子一耸肩："垃圾食品，有什么好的。"

然后大家都笑了。

当我往回走的时候我的脸上还带着笑容——为什么和男生们在一起总是这么有趣？似乎从小就是如此，男生总比我们更快乐，更幽默，更大条。即使到了大学，工作了，我很少见到幽默风趣的女性。即使是自己一个人旅行的时候，我新认识的女伴有趣的也很少。而在酒吧里我几乎就没有遇见过风趣的女性。当我问起我的朋友们这个问题时，大家都很同意这个观点，无论是中国人还是美国人，女性很少有幽默的，幽默的女性很少有漂亮的。

在这里我想先阐明：幽默不仅仅是会调情，更多的是一种可以两性都欣赏的特质。我发现，当一个男人在酒吧里逗得身边一圈女性开怀大笑时，他的笑话也可以讲给男性听。而一个女性在酒吧里使得对面的男人嘴角上扬时，她说的话估计没有这两个人之外的人想知道——但是我们见到过一个女性，站在一群男人之间，令他们开怀大笑吗？太少了。

为什么呢？有观点说：因为女性不需要幽默就能够吸引人。说一个男性幽默就像是赞扬一个女性漂亮一样。有皮囊就够，何必内在？更别提幽默是内在的一种精炼，需要高智商和成熟的心智才可以体现。也有观点说：因为幽默本身就是一个男性的特质，这个词语本身就是男性化的，而幽默包含了自嘲、讽刺，显示了这个人没什么心理包袱，可以自己解决自己的问题。而这些与传统教育下需要生儿育女保持端庄形象的女性不符，所以女性便不愿意展示自己幽默的一面。越不愿展示，越不会，慢慢地就完全没有幽默感了。

Youtube（视频网站）上有个搞笑红人，叫珍娜·艾美莉，是个漂亮姑娘，但是一开口吓死你，就像是一个文文静静的南方小姑娘一开口"老娘昨天去出恭"一样，她有着一种与其外型极为不符的粗俗的幽默。在她第一个出名的视频"如果让别人觉得你其实没那么丑"中，她首先卸了所有的妆（哪有女生敢这样啊），显示她其实很丑，然后慢慢化上妆，最后说了一句："如果你是女生，这样化妆就行了，但是如果你是男生，对不起，你只能找个觉得你搞笑的女的了。"

珍娜·艾美莉在男女中都很吃得开，因为她不仅幽默，而且漂亮。女生喜欢她，因为她搞笑、爷们；男生喜欢她，因为她脸美胸大腿长。可是这样的姑娘又见得着几个呢？

我倒是认识两个很幽默的女性，她们都是同样的冷幽默，能自嘲，也能聪明地挖苦别人。一个已经五十多岁，就职于华盛顿特区的一个大智库；一个是中国女孩，阅书万卷，清高冷傲，男生都奉为"爷"。这是我能想到的两个非常特别的女性了。她们的身上都有一种"爷"气，一种倔强的男孩子气。所以，也许幽默，到底还是男人的东西?

学校是给蠢人的

这句话是我的一个特别聪明的表哥说的。多年前高考他数理化几乎满分英语语文一塌糊涂。他家里人总是说他是因为玩电脑游戏毁了高考。但是他却很不屑地说:"我的数理化根本没上过课,但是英语和语文我好好上课,却是这个成绩。学校是给蠢人的。"这句话我记了很久,它总是在我的脑海里盘旋,今天它忽然又蹦了出来。

今天下午我在做建筑课作业——做一把椅子,我对于这个项目特别感兴趣,所以做了一下午都没有感觉到时间的流逝。因为这个作业只能用硬纸板,不能用胶水,只能以拼插形式完成,并且要能承担一个人的重量,所以我用小的纸板做了很多模型,然后上网查了资料,看了一些其他人的作品。在查资料的时候我不仅看了椅子,也看了很多房子,从那些房子中也得到了灵感。四五个小时过去后,我完成了一个小的模型,然后照了照片发给我华南理工和在英国学建筑的朋友,让他们给我提建议。得到的建议就是:这虽然看上去行,但是不够简洁,并且当你把它放大六七倍之后，因为纸板的厚度，它很容易一坐就变成一个平行四边形，然后垮掉。

有了这些建议以后我就继续想该如何改进。我看了看课程表。发现我们接下来几乎是半学期都要讨论这个椅子的设计过程。所以几乎是我刚才做的这五个小时内容延长到两个月。我不禁又想起了我哥哥那句话："学校是给蠢人的"。当然这句话是有些偏激，但是对于真正对某个科目有兴趣的人，他需要学校吗？或者说，他需要跟着学校的步伐走吗？

记得高中的时候，那种真正霸气的竞赛学霸上课从来都不听讲，但是老师也不管。初中的时候我们的英语老师还特地给每次考试够多少多少分的同学不上课出去打雪仗的权利，因为对于他们而言，课上的东西太简单了。但是学霸们也不是完全不用学校，他们也会去问老师问题，但都是很有针对性的问题，也都是和课堂很无关的问题。

今天下午我在浏览图片网站的时候看到了一个叫作庐山手绘的东西。基本上就是六十天把要考设计的人关在一起疯狂临摹一千张作品，然后放出去考研。我看了照片，发现那就是跟衡水一中一样的地方，满地草稿纸，千人大教室，流水线式作品。然后有人评论——有那个钱你还不如买一打草稿纸去写生，那样的地方是培养不出创造力的。但是也有人评论——这样的地方就是给我这种无法约束自己的人的。

是无法约束自己，还是真的没有天赋和热情？这是个问题。以前一个画家跟我说，他录取过一个研究生，研究生见他的时候拿来了一米五左右高度的一打速写，每一张都很好。他当时就很感叹这个学生的热忱和才华，而这个学生却不是美术专业的，所有这些速写只是他闲来的爱好，不是教出来的东西。我们中的大多数人一辈子跟着学校走，不出头也不被落下，没什么创造力却也不被社会淘汰。但是真正做出些成就的那些人却都是超出学校步伐的人。学校为他们而服务，而不是在约束他们。

我们为什么急着长大？

当你年轻的时候，你整个的生活都是关于寻欢作乐。然后，你长大，学着小心翼翼。你可能摔断一根骨头，也可能让他人心碎。你会在跳跃之前张望，或者干脆不跳跃，因为没有人总是在那里接着你。生活没有安全网，什么时候生活开始变得不好玩，而令人害怕的呢？

当我写下手头这段话的时候，我刚刚从床上爬起来。这是下午两点，我又睡了两个小时的午觉。在午觉前，我重温了《欲望都市》第二季，在看这个之前，我去上了课，吃了早饭。

每次睡完午觉之后我都会有一种负疚感——我怎么就又睡了两个小时？但是我知道，很快地，我会连后面的两个小时都没有了。假期上班的时候，我得泡很多的茶，才能够阻止眼皮沉沉地落下来，当我晚上回家，站在拥挤的地铁中，仿佛没有了主心骨，全身都是软绵绵的肉，跟随着地铁而晃动。

二十多岁，到底应该干什么？可能是很多人都在想的一个问题。当我在上高中的时候，我特别愿意进入那个"二十多岁"的人的圈子，因为他们于我而言，既有自己的职业又不那么严肃；穿梭于中高档的餐厅而不是珍珠奶茶店，并且开始了一种叫作"夜生活"的东西，可以在酒吧和夜店与朋友畅饮到天明。像是那种经典好莱坞电影的场景，世界仿佛就是给二十多岁的人而创造的。青少年幻想进入"二十多岁"这个群体，三十多岁的人希望回到这个群体，而四五十岁的人则从自己的孩子身上重温那段时光。那十年像是一个魔幻乐园，大家都很迷失，但是那却像是最好的时光。

可是在这迷失中，向前看的惯性总是在主宰着我们。这个夏天跟发小聊天轧马路的时候，她总结出这句话："咱们在上初中、高中的时候，一切都有个盼头。比如我在上初中的时候就想着上高中要留个长头发，要买双粉色耐克鞋，要交个男朋友。上了高中以后觉得要考个好大学，要学会化妆，要找个男朋友。但是现在，我实在不知道自己以后想做什么，既没有大方向，也没有细节了。"在这个奇妙的时段，每个人仿佛都在做着不同的事情，而你也无法把自己与任何人相比。但是还是有一些动作很快的人，他们一出大学校门就马上找到了好的工作，然后立马走上了那条流水线，一步一步往上升。然后他们找到了好的男/女朋友，之后就结婚了。一切都从"我"变成了"我们"，他们是那些尽早逃离"二十多岁"小组的人，而大部分的我们还在原地打转。

在国内的时候，我深深感觉到大家这种急切的脚步，想要追上那些买车买房结婚的人。但是回到美国,我又觉得大多数人想要停留在这种迷失却又有理由迷失的阶段。何必那么急着长大呢?再次引用《欲望都市》里的句子:享受生活吧。这是你二十多岁该干的事情;三十多岁才是你吸取教训的时候,而四十多岁则是你给别人付钱的时候。

来美国以后深感美国人的"不成熟",我想很多留学生也都有同感。我从大一的时候就开始疑惑,为什么学校的晚会总是一个模式,就是每个人都喝到烂醉神智不清然后在一个漆黑的地下室里群魔乱舞?为什么每年都有三天的节日,学校草坪上堆满了充气玩具和蹦蹦床,让一群喝醉了的学生在上边跳啊跳?而我的那些毕业了的美国同学,我也丝毫没有感觉到他们成熟了、长大了。该辞职的辞职,还是跟大学一样,结伴去旅行,结伴去国外教英语。到了三十多岁,女人们还会声称自己还年轻美丽。

可是问题就在于,当我们的步伐与同龄人的步伐不一致的时候,享受生活也许是一件难事儿。就像是周六晚上的酒吧街,你的朋友们都打车回家了,而你在享受自由的时候却也意识到自己和朋友的距离。那种孤身一人的感觉的确很不好受。就像我在美国大学里,当大家都喝得烂醉大声唱歌在吧台上跳舞在路边撒尿的时候,我想的却是到城里的一个安静一点儿的酒吧去,和年轻的专业人士一起"成熟地"享受这个晚上。那个时候的感觉则是:我太成熟了?我也许应该停下来,等等我的同龄人吗?

年轻是最大的资本。有些人拿这些资本对未来做投资,这样在三十多岁便可以过上轻松愉快的日子,但是对于有些人而言,二十多岁是穿上一条牛仔裤便能够光彩照人的时候,为什么要拿这美妙的十年来给一个"心有余而力不足"的未来添彩呢?

你能告诉我吗?

我是如何成为一个厚脸皮的不完美主义者的

我曾经是一个很纠结的人,是个完美主义者。从小老爸逼着我每天写东西,写完他检查,我每次都是把本子往他那里一扔就跑开,因为我不敢看他看文章时的表情——要是他眉毛稍稍皱起来,嘴角稍稍上扬,我就会觉得我受到了极大的侮辱。就这样到高中,班里读我文章的时候我都恨不得要钻到桌子底下,要不然就是求班主任让我改改再念。当然,改总是没有尽头的,总是不够完美。

然后就这样到了高中去美国交流的那一年,那一年我住在农村和宗教家庭,每天没事干,就把和妹妹吵架打架、和狗玩儿、和白人共和党的对话写了一本书。当然写这本书的时候也没想到会是一本书,先写了几篇,然后发给别人看,别人竟然觉得不错,于是我就继续写。因为没想到会给很多人看,所以一气呵成,完全没改动,最后竟然真的被出版,还有些好评。那个时候我忽然意识到,如果我当时改改改,而没有把这些东西拿出来,那我估计这辈子都出版不了这本书。

接下来我在北京待了一年。申请大学，上高三。我的书在学校图书馆里有，有些学弟学妹时不时来跟我打个招呼，我还感觉蛮好的。但是我爸跟我说，你应该拿这本书去做些什么。比如你应该去找个报纸，让他们连载一下什么的。

我吓坏了。我说我哪认识什么报纸，而且要让一个大人评价我这本小书这太吓人了。我爸就说这是你的事，很多事情要是现在做就不难，因为你小，但是你要是像我这么大了再想找人就难了，你有时间就去呗。

我觉得有理，但是我有惰性，而且我害怕！有一次早上去东边弄签证的东西的时候忽然想到《北京青年报》不就在下一站吗？而且我书包里正好有本书。我就让我同学给查了地址发到我的手机上，然后就过去了。

那是个大得吓人的大厦，我走进去，穿着校服，前台问我找谁，我脑海里只有一个《天天副刊》，于是我就说我找《天天副刊》的编辑。她说是赵某某吗，我哪知道是谁啊，我就说是。然后她问我你们有约吗，我说有。她说你上16楼，进去就是。

然后我就跟鬼魂一样漂了进去。我当时觉得要是恐怖袭击这里太简单了，穿个校服就进来了。几年以后我发现很多事情都是这么简单的，只是你完全没有想到要走出门去做这个事。

我找到赵编辑的桌子，他戴着大眼镜，在上网。我咳嗽了一声，他就转过头来，说："你是？"

我说我是某某学校的学生，我出国交流了一年，然后我写了本书，您看看。

没想到这个编辑很开心，他给我倒了茶，还给了我棒棒糖什么的，让我坐下来跟他聊留学生的事情。最后我在那里坐了五个小时，见了主编，聊了天，见了《北青报》旗下《中学生》杂志的编辑。

第二周我又在那里待了五个小时，因为主编给了我整整一个副刊的版面，让我做了一期临时主编。再下一周，我到三里屯给《中学生》杂志拍了个封面。虽然拍了一下午最后采用的还是一张看不见脸的照片，我还是被这一系列事情震撼到了。

从这件事情我开始发现一个规律——只要你做出一个东西，然后走出门去见人，去告诉别人这个东西，会有意想不到的结果。当然我当时也找了其他报社，还是没《北京青年报》有名的，编辑们看都没看我就让我走了，连棒棒糖都没有。不过我也没有很在意，脸皮开始越来越厚。

接下来是申请签证的时候，我跟一个同学去参加一个免费的论文研讨会。研讨会里好多大神，大家特优生什么都高得让我震惊。然后老师说我们先拿谁的论文开刀呢？那会儿是9月份，我的论文写了个初稿，语法错误一大堆。但是我已经习惯了"不要脸"和被人赶出报社门了，于是我说看我的吧。

老师看完了以后竟然很喜欢。他后来跟我说，你这种吊儿郎当厚脸皮的样子跟我的一个朋友很像，我下次介绍你俩认识。

于是我就这样认识了何峰同学。

今天早上还和峰哥通电话，我说人人上有一篇你的文章呢。峰哥说：我做这么多事，还不让人黑？黑黑更健康。认识峰哥了以后，我们还有论文老师（暂且叫论文老师X先生吧）决定互相督促，写一本书。因为我们想要比一下，看谁的行动力强。我们说每个人一周写一千字以上的文章，然后放在X先生的网站上，赌的是笔记本电脑。那个时候我有一个剽悍的17寸的东芝笔记本，我觉得X先生对我的台式形笔记本觊觎已久（这个是玩笑，他是土豪），于是我就下了这个赌注，为的是督促自己。X先生说最可能输的是他，因为他有两个嗷嗷待哺的娃儿，而我们毫无挂念。

但是，两周以后我输掉了我的东芝，因为我只写了九百多字，没能骗过X先生的火眼金睛。三年过去了，这个东芝我还没有给他，希望他已经忘了吧。不仅他忘了这个东芝，X先生也忘了我们写书的往事，到现在我们这本合写的书还是没有着落。

回到东芝这个事情上来。我在改论文的时候还是很痛苦的，我改了起码有三十遍，越改越觉得不对劲儿，然后迟迟点不下那个"确认"键。为了让我自己死了改论文的这条心，我做了一件事。Haverford（美国哈弗福德学院）和其他学院来北京招生的时候我去了，拿着我不完美的论文。我挤过重重家长群，把写有我名字和email的论文塞到招生官手里，然后我说请你看一看。然后我就被挤走了。

不过这个举动让我死了心，毕竟人家都看到了这个版本的，我就干脆不改了。然后我回去提交了大学申请，买了方便面和乐事看了一下午的美剧。我不知道她看没看，反正我现在是坐在我Haverford（美国哈弗福德学院）的宿舍里写的这篇日志。这件事情基本上告诉我，有的时候你就是得给一件事情一个结果，因为不管你再怎么修改，它跟原样真的差不了太多。除非你有拼写错误。

那会儿我还在高中阶段，但是申请完了，没什么事情，于是我开始学法语。我学习英语的方法是这个样子的：我爸用了六年时间，让我把《新概念英语》背了个滚瓜烂熟，所以我的英语一向很好，但在去美国之前不太敢说，总是怕说错。但是我学法语这个过程却是在我这个厚脸皮的转变之后发生的，所以它的方法也是不一样的。

我那会儿天天上一个叫TheBeijinger的网站。刚开始上就是看论坛，老外吐槽中国"villagewhore"（原话），让我觉得非常新奇。后来发现他们还有个广告版块，类似于交友功能。我用鼠标滑下去，看见了"语言陪练"这个东西。

然后我马上就找了个法语"陪练",约了第二天在三里屯见面。

那时我除了bonjour(你好)基本上就不会说什么,我的法语"陪练"对我很失望。可是他也不会说中文啊!所以我们就一直用英文交流。我后来回家跟我妈说了这事,她说你怎么这么给我丢人啊,你不会说还找人老外说这不是耽误人家时间吗。

我说那他也耽误了我时间啊。

从这件事我学到了:你可以不完美,但是如果不想耽误时间,你得有个成品。不能啥都没有就找人厚脸皮去。这是不行的。

让我们跳掉大学第一年,来到我第一次做网站这个时候。

当时我在人人网上写文章。写关于美国的见闻,被转的很多,被骂的也很多。那个时候我还看评论,而且还真的有受伤的感觉,觉得你们都不认识我怎么能说我爸妈怎么怎么着。说我装X不要紧,说我爸妈就让我不爽了。然后我跟另外几个在人人上写文章的朋友们说了我的这个烦恼,没想到他们也一致认为人人上太浮躁,好文章没有人看,不太好的呢,又被人骂。于是我就想,如果我们做一个网站,然后网站上只有被选中的好作者,我们每个星期约定写一篇文章,如何?

这个想法出来了以后，我就想找人做这个网站。和其他学校不一样，Haverford（美国哈弗福德学院）没有一个很大的中国学生群体，我也不太认识费城其他学校的人，所以这个东西要实行起来就很难很难。我不断地查国内做网站的公司，觉得一头雾水。但是我心中就像是有一把火一样，这个尝试如果不马上做我知道我绝对会忘掉，可能第二天起床以后就收拾收拾去上课了。所以那天晚上我就在想，我一定得找个方式，督促自己做出个东西来，这样我就不至于把这个想法放下。

我忽然就想到高中的时候我曾经用一个美国做网站的网站做了一个交流生的东西，于是我马上回去看，发现这个网站还在，而且功能更多了，支持多人编辑，还有和脸书、推特之类的链接什么的。我马上就创建了一个帐户，买了一个用户名，先试着编辑网站，接下来把自己的文章放上去。当时应该是四五点的样子，网站已经就看上去像个样子了。

那是一个超级不完美的模型。只有我一个人在写，首页上也只有我的几篇文章。可是我还是知道，如果这个时候我不把这个产品抛出去，我肯定睡醒了就忘了。那这个尝试就没有意义了。于是我在人人上写了一篇文章，说了我的这个想法，然后呼吁大家推荐作者并且监督我来做这个网站。

最后我附上了这个网站的地址。

然后第二天我的邮箱和网站就爆满了，一起床就是600多个好友申请，所有人都想为这个网站尽一份力。大家告诉我我应当怎么去修改版面,怎么去找作者,怎么去编辑。一个星期以后,每天的访问量就已经达到了两千多。对我而言像是打开了一扇新的门,我在和一群人一起完善一个东西,这个感觉特别好。

今天早上起来看见奶牛Denny同学的一篇新文章,在文中他提到不应该把创意像机密一样保护起来。"和很多人想的不同,一个创意的完美程度确实是创业的所有元素中最重要的。你才应该把你脑子里那个'精妙绝伦'的创意和他人分享。"

Denny还说:"其实,我们的创意就像我们自己生的孩子一样,做爹妈的很容易高估他们的价值。但当你将自己的孩子从封闭的婴儿房转移到一个天然的环境下接受质疑、批评和攻击时,你会发现,他这才开始茁壮地成长。"

当然我那时候对于互联网创业啥的什么都不懂,也不可能有Denny同学这样的觉悟,我只是把不完美的东西多次抛出去然后再修改得到了许多提高,于是惯性一样地做了这件事情。现在看来这个尝试还是成功的,虽然在几个月之后这个网站被悲惨地"关门"了,现在也已经不存在了,但是我通过做这个网站认识了一群特别有意思的人,而我们的友谊也持续至今。

厚脸皮和不完美不是成双成对出现的。你可以在做人上厚脸皮,在做事上追求完美。但是这个目标基本上很难达到。因为当你知道你花了很长时间自己去改进一个东西以后,别人的一点儿批评都会让你心中一凉,所以你会自然地选择不把自己的产品拿出去见人。这是很正常的。所以如果当你做事的时候少一点儿完美,多一点儿效率,就能够更加有效地推广你的想法,并且得到相应的回馈。

说了这么多厚脸皮和不完美所能达到的东西,我觉得必须声明一下——这厚脸皮和不完美,只是一条途径,一条营销你已有成果的途径。它不是开始,也不是结束。它只是一个让你有效地变得更完美的过程而已。

我是个在文理学院的英语文学系学生,这是一个极其不接地气的专业。当我说这句话的时候,也意味着我们的教授和同学都是完全不吃你那"快速""效率"和"拉关系"那一套的。如果你想写出让你自己和教授都满意的文学分析并且在课上说出点儿什么来,那你必须追求完美且真正用心去感受阅读过程中的每一个词语。为什么在这里他用了这个词?这个词在十六世纪的起源是什么?为什么他不用另一个牛津词典中的定义?这都是需要静下心来认真考虑的问题。在做学术的时候,我觉得不应该拿一个秒表来卡着算多长时间读完这个论文,而应当仔细地去想,去查资料和词典,最后整个人浸在这个理念之中。写论文也是一样的。这个过程应当是细致、枯燥而漫长的。而当你写完一篇论文之后,你可以把不同的草稿给教授和同学看,有效率地改进。

我用三篇文章来阐述这么一个小问题,是显得有些冗长。但是这的确也是我对于过去做的一些事情的反思，不吐不快。最后，我想说，那些真正伟大的艺术家，都是薄脸皮和偏执狂；但是想过得快快活活，还是需要一些效率和像肉夹馍一样厚的脸皮的。

如何治愈你的焦虑：别什么都想要

我在学校里有个非常尊敬的朋友，是个姑娘。这个姑娘估计也看不到我这篇日志，因为她基本上不上社交网站，她有的时候会在豆瓣看看英剧，这大概就是她大部分的网络活动了。剩下的时间她都在学习。

她爱学习，她学习好。姑娘是我们学校历史系的，平均分数比美国学霸都高。我以前在电视台实习的时候请她翻译过一期古诗词的节目，姑娘翻译的古诗词信达雅，读起来唇齿留香，我们制片人都说从来没有见过这么专业的翻译。我笑一笑，说这不奇怪，这个姑娘就是这块料。

我之所以尊敬她是因为她明白自己要什么，然后她就不在乎别的了，所以她从来都泰然自若，除了考试的时候，其他时间从来不见她焦虑——她不想挣大钱，不想跟人争，只想好好研究历史，以后在象牙塔里过和书本打交道的日子。

前段时间有个学妹问我,中国人都不喜欢出头的人,如果一个人有点儿成就,别人就会在后面说三道四,那你怎么办?

我说那你就别在乎啊,要不然你就活在别人眼光里,小心谨慎,得多焦虑啊。我不是让你不要在乎别人怎么说,而是要知道你自己要什么,剩下的就别要了。做好一个选择,坚持这个选择。

最近在豆瓣上看见一篇文章,叫《我为什么讨厌心灵鸡汤》,文中举了一个这样的例子:一个大学生问某位名人:"我和我女朋友毕业留在北京,我们俩真没什么钱。我买不起房子,就租一个房子住着,我们的朋友挺多,老叫我们出去吃饭,后来我们就不好意思去了,老吃人家的饭,我俩没钱请人家吃饭。我在北京的薪水很低,在北京我真是一无所有,你说我现在该如何是好?"

名人答:"第一,你有多少同学想要留京没有留下,可是你留下了,你在北京有了一份正式的工作。第二,你有了一个能与你相濡以沫的女朋友,第三,那么多人请你吃饭,说明你人缘挺好,有一堆朋友,你拥有这么多,凭什么说你一无所有呢?"

大学生:"哎,你这么一说我突然间还觉得自己挺幸运的。"

说完,名人似乎对自己的回答挺满意,露出会心一笑。

我们如果不加以思考,便会像这位大学生一样,满心欢喜地全盘接受这位名人的答案,因为她的答案看起来似乎有理有据。但如果你仔细思考，便会发现问题所在：大学生阐述自己的问题，诸如买不起房、没钱请人吃饭、薪水低，实际上问的是物质上的一无所有，他寻求的是怎样解决这个问题。而于丹巧妙地绕过了他这个问题，采取诡辩的方式答了别的问题，答的全部都是精神上的东西。

这个大学生没有得到他想得到的答案，居然还觉得她回答得很好，这说明，当一个人情绪失落之时，往往更容易被人牵着鼻子走，而忘记了自己最初要的东西，对于一些感性的人群尤为如是。

一个本来逻辑不清的人，如果总是采取这样的方式来看待问题，只会让他的逻辑越来越不清楚，这时问题仍然没有解决，烦恼依旧在。这是为什么当一个人在看完鸡汤文之后，感觉浑身解气，而过一段时间后，又感到烦恼起来——因为当他们打完一针鸡汤后，还是得面对真真实实的问题，他们不可能永远活在鸡汤的世界中。一个人如果在其职场刚开始的时候用这样的态度来对待每一件事情，耽误的可能只是一年两年，如果一直持续下去，耽误的将会是一辈子。

这就是为什么你到处看各种鸡汤文还有烦恼的原因，因为烦恼没有从根本上解决。如何从根本上解决问题呢？就是一句话：你别什么都想要。

是的，你还年轻，想要的太多了。大房子、豪车、游泳池、出国留学、炒股挣钱、帅哥男友、美女女友，最后你还怕得到了以后不快乐。

的确，你的朋友们似乎都得到的比你多，然后他们可能还在你面前炫耀两句，弄得你特别心痒痒。你是多想成为一个成功人士啊，出头给那些瞧不起你的人看看！可是你有没有想过，你为什么要去做个成功人士，你为什么要去跟他们比，你自己要的是什么？如果你想奋斗，把别人挤出去，那就不要还想要平凡生活，那就别在乎别人在后面说你。

有人会问我：你这么多年在国外，不孤独吗？我说孤独啊，但是我觉得孤独没什么不好的。就像我先前提到的那位姑娘，你若是问她：你这么努力，但是以后当个教授，编个书，又辛苦又没钱，不痛苦吗？然后她一定会说：辛苦啊，没钱啊。但我觉得这没什么不好的。如果有人问你：你这么努力，也许在此中失去了纯情，失去了朋友，失去了很多自由，不痛苦吗？然后你说：我的确失去了纯情，失去了朋友，失去了自由，但是这没什么不好的。那就算你赢了。

我们从小就被比来比去，导致到了独立的时候这个习惯还深深扎根在身上。我记得我第一次给我妈发我男朋友照片的时候她非常怀疑地问我：他是不是特别聪明？我说不是。然后她问我他真的就这么高吗？我说是啊怎么了。她继续问我，他毕业了以后有工作吗？我说他没有，他从来没实习过，也完全不知道自己要干嘛。他可能是有些不思进取，但我没觉得不思进取是件不好的事儿。我自己努力，不代表得要求他努力。

然后我妈就沉默了。毕竟从一个中国家长的角度来看，他不优秀，也不帅，然后我妈就不能理解。然后我就跟她说，我很喜欢他，我们在一起挺开心的。

然后我妈问：那他是不是跟你聊特别有深度的话题呢？

我说：我和我同学聊深度话题，不和他聊。每天都聊学术问题多烦啊。

我妈又沉默了。我说妈，你想让我跟一个个高的聪明帅哥在一起是觉得我会幸福，我知道，但是我不用那样就可以幸福。这不是挺好的吗？

虽然后来他毕业了，我们没在一起了，但是我现在回头看还是觉得那真的是一段很幸福的时光。我们还聊天，聊天的时候还没有过深度话题，但是就是很开心。我要的是这种感觉，而不是达到某种标准。

也许让你真正快乐的并不是爬到金字塔的顶端，而是知道你并不想爬到顶端。也许让你快乐的是你知道你就想到顶端，于是你不会回头看。当你自己对自己有个明确的标准了之后，你就不用在乎任何别人的标准了。他们在你身后甚至是你耳边说什么都无所谓了。就像是那个小时候读的故事，两个人走进一个全是珠宝的山洞，一个人拿走自己需要的几根金条然后离开；另一个人想要全部的东西，于是不停地往口袋里装，但是洞门关闭了，最后死在了里面。你说谁更快乐呢？但是如果有一个人，他就是喜欢满手珠宝的感觉，于是他选择和珠宝在一起，被埋葬在山洞里，那么他也是快乐的。

爱情真是件一辈子的事

今天晚上回来的时候，法国妈妈正在做饭。她剪了头发，化了妆，戴着一条看上去很民族风的项链。法国妈妈五十九岁了，有三个孩子，都长大成人了，现在她一个人住，有些发福，每天帮朋友做家务，在外面打些零工接待外国学生，忙忙碌碌的。闲暇里她不像其他法国老人一样会穿着花裙子，戴着草帽，挽着一只精致的小包出门，大部分时间她都自己一个人穿一件T恤和长裤子，脚蹬一双磨破了的布鞋坐在电视机前面托着腮看电视。所以当今天我看见她如此愉悦的时候我就知道内谁要来了。

我管那个老爷爷叫内谁，因为我从不知道他的名字。他每次来吃饭都非常快，有的时候我还没有换好衣服去吃饭就听见关门的声音，那就是他用五分钟吃完饭以后走了的象征。唯一一次我见到他，他握了一下我的手，然后微笑地说：我该走了，很高兴认识你。

我一直不明白他们俩之间的关系——这是一种夕阳红的关系吗？两个人都没有伴儿，所以在一起？但是他并不常来，也许他们只是朋友？可是为什么每次在他来之前法国妈妈都会那么开心呢？

八点钟的时候，门铃总算是响了，他拎着一只皮箱，匆匆走进来，动作敏捷而且利落。他是个瘦小的男人，头发花白，戴着圆形的小眼镜。但是那眼镜后的双眸却是睿智的，谨慎的，让人想到一只猫。他过来跟我打招呼，问我上课怎么样了，然后坐下，把餐巾铺在膝盖上。

"好嘞，今天我们吃炒米饭。"法国妈妈端着平底锅走过来。我拍手叫好，因为她总算做了一餐和中餐差不多的东西。

"你今天过得如何？"他问。
她望向他，目光里充满柔情。她就拿着锅背着光站在窗帘前面，仿佛一下子忘记了整个世界。
"我很好，"她轻轻说，"我今天早上去家乐福买了一些巧克力派什么的，过会儿我们用甜点的时候可以吃。"
"好的。"他也抬起头冲她微笑，但那微笑是谨慎的，仿佛是一只猫不想让别人发现自己对于牛奶的热爱。

又和平常一样，他一吃完就起身走了。门关上以后，她一下子坐在沙发上，双臂张开。我在她身边坐下。

"你爱他吗?"我问。
"我爱他,"她说,"我崇拜他。"

从我和法国妈妈的谈话中我得知,她认识他已经好几年了。他曾是她的医生,现在也还在医院工作,而且他经常去发展中国家医治穷人。他之所以总是来去匆匆是因为他晚上还要工作。

"你瞧,这是他给我的,"法国妈妈指着胸前的项链说,"我真的特别喜欢,每次他来的时候我都会戴着……你觉得他爱我吗?"
我看着她的眼睛,那双眼睛被皱纹包围,但是却闪着初恋少女一般的光。

文●Ricas

浅　　　谈

　　这些生活中的故事，用我所遭逢的现实问题为基底，以直白的言语去讲述很多人无法正视的问题，从人际交往到自我内心。我将他们归属到浅谈里，一是为了不将自我意识强加到他人身上，二是为了保留自我空间，就像成长一样，就算你置身人群，也还是个体，有些东西还是保存本真为好。

原来我没有成为你的朋友，我只是成了你的人脉

在朋友的微博里看到一句话："原来我没有成为你的朋友，我只是成了你的人脉。"

年岁越长，人心便越发复杂，人我交往也就越发淡薄不纯粹，这是无可厚非的事。人与人之间一旦不谈感情，情谊便难以深厚，也就轻易便能搁置不顾。转瞬陌路自然成了常态。

本是不喜参与众多圈子的，但人一旦置身俗世便难以脱离。人与人之间总有需求，但却又无法完全以真诚相待，自然就缺不了场面上的奉承迎合，就此，我们也就越容易轻易地去屈就他人，时间久了，成了彼此消费的社交动物。

那么，为何我们总是戴着面具与人交往，似乎也就有了合理的解释。

在我们身边总会有一些交际能手，左右逢源的能力足以让他与人相处时收放自如，他们谈笑风生，广结人缘，从中获得对自我人格魅力的肯定，办起事来也拿捏顺畅自如。在他们身旁时常簇拥形色众人，表象的欢腾让人觉得"孤独"二字似乎从来就不会出现在他们的字典里。不了解的人，或许会心生羡慕之情。

而像我这样不善交际，只有固定二三老友在身旁，大家彼此了解，相处起来也不用客套，也不用阿谀奉承，倒也轻松自在！期间会有各类邀约，但酒量差，言语也不够风趣，典型慢热型，经常冷落了场子，徒添我为人冷漠无趣的猜忌，时间久了，也就很少再参与此类场合，也无形中得罪了很多人。虽然偶尔会觉得身边冷清，没有其他事可做，但也落得清静，可以利用空闲时间去思考很多事。

如此，便时刻都在告诫自己定要敬重数年来给予自己关怀与支持的朋友，要定时相聚，卸下场面功夫，不恭维，不诋毁，了解彼此生活，体味其中的深厚情谊。

你要知道，无论在社交时如何醉笑陪君三千场，不诉离殇，在我们的身后，能有两三人愿时刻陪伴身旁听你诉尽千愁，才是真正值得去珍重与追寻的事。而人，能活得自在，不愧对本心才最重要。

无论流徙到何种穷山恶水，都要尊贵地活得像自己

简媜说过：无论流徙到何种穷山恶水，都要尊贵地活得像自己。

惊蛰，烂漫的樱花也开始纷纷离树凋萎，春城的气温逐日攀升，时序似乎提早入了热夏，这一年季节的更迭因为生活的艰难变得十分缓慢，每一秒时针的转换都像是停摆了数年。

把创业失败、投资失算、爱情破裂、友情见底等不幸之事归咎到目前网络时兴的星座水逆一词后试图让发生的这一切有个合理存在的原由，也试图借此平息内心的惴惴不安与困苦难堪。豁达的内心在遭受了生活重重的责难后尝到了近乎于绝望的苦痛，也似乎是看到了生活处处阴霾笼罩没有后路可走的日子。

下午接到母亲的电话，母亲嘱咐我说，工作之余一定要注意身体健康，生活上若有困难一定要告诉我，你一人在外打拼实在是不容易。我在电话这头几经哽咽连忙道了再见，说一切顺利，不要担心。电话刚挂

断，眼泪却夺眶而出。

之后，与人合租了一间房子，把之前工作室的所有物件都悉数变卖了，断了与之前"酒场齐欢歌，有难便分散"之人的所有联系，打算一切从头开始，拾起对未来的信心，于是找了一份广告公司文案的工作，打算一步一个脚印地走。经历几番审视后发现，当一个人的野心支撑不起梦想的时候，便需要丰富的经验与知识来充盈自己的大脑，以此才能为之后的事业打下基石。

我也时刻在警醒自己，不要气馁，你所遭受的困苦责难都是上天给你的试炼，渡过这条河，方能抵达光明彼岸。

在公司里我把很多人不敢接的棘手文案拦下，不分日夜地揣摩，查阅诸多案例，经历客户不满，几度险遭离职后终于成功地为公司签下了几单重要的合同，两年后在公司从一个小职员提拔为了文案总监。由此，我知道了皇天不负有心人的道理，只要你真心付出了，便一定有所收获，若你如今还未得到，只是时机未到。

于是，我在煎熬里熬成了一盅苦口的良药，看到了生活的伤口正在愈合。

若你现在处境艰难，请别忘了，要克服一切，尊贵地活得像自己。

可怕的不是一个人,而是一个人却不懂得好好生活

孤独是一把双刃剑,有的人觉得孤独难耐如割断脖颈的匕首,而有的人将孤独视作刀剑斩断内心杂念。

不知你是否有这样的时刻,周末清晨醒来,本想下楼散步呼吸清透的空气,转念一想,身边无人相伴便打消念头继续睡了过去;黄昏时,本想下楼散步逛逛热闹的夜市,可身边无人相伴便打消念头看了一夜的爆米花电影;或许今天的你本想去菜市场买菜回家煮一顿热腾腾的火锅,可转念一想,一个人何必这么麻烦,便索性在家煮了一碗泡面打发了这天的晚餐。

这本应闲适自宜的日子却因为一瞬的念头变得不如己意,时间久了,便累积成了习惯性的孤独,像这样一个人时便不会好好对待生活、对待自己的人占了人群里的大多数,自然也就成了现代人的通病,所谓的孤独患者。

前段时间一个独自生活了两年的朋友突发胃病住了院,他告诉我说,这两年大多数时候都是自己一个人吃饭,很多时候不是泡面就是餐馆外卖,原本很健康的胃折腾出了毛病,一个人久了似乎也习惯了,期间也有朋友相伴,但彼此都有事要忙碌,哪有你需要的时候他们就能时刻在你身旁的道理?所以生活不免觉得孤独难以自持。

　　那你可曾想过,独处时,你大可以借此清静时分,去看一本有意义的书或是看一部蕴涵人生哲学的电影,甚或听一首老歌回首记忆中陈列的往事,让自己在这些平凡事中学会体味独处,而不是一味地让孤独侵蚀身心。你要知道,在当今社会很难有一人能在你身旁时刻与你相伴,与你言语,这花事荼靡的人生街市很多时候只是一盏茶的光阴,大可不必与片刻无法得到的陪伴纠缠不清。

　　年岁渐长的你我,随着时光的递嬗,身边的人各行其事,哪怕是挚友也无法时时刻刻在你深感孤独时在你身旁,甚至有些已婚之人,即使身处一床也是异梦夫妻,内心孤寂之人,所以每当你觉得孤独便时刻有人陪伴身旁这件事很多时候不免成了奢望,若你无法从中找到一个平衡点,内心有所落差,这落差渐渐就堆砌成了孤独,而孤独所连带的又是忧郁、偏执等负面能量,所以你必须知道当孤独侵袭时你应该在内心建立一道防线,一堵城墙,将它转化为正能量引导自己在生活里成为精神独立之人。

　　那下一个清晨醒来,一道暖煦的阳光照进窗台,你是否会下楼散步呼吸清透的空气,买了豆浆油条做早餐,遇见街坊彼此微笑着道早安?

你要知道,可怕的不是一个人,而是一个人却不懂得好好生活。我们要学会在孤独时学会独处,在独处中学会自省。

没关系,只要你还活着,就还来得及

得知他身患癌症消息的那天,春城恰逢雨过天晴,天空中出现了色彩斑斓的彩虹,仿佛通往天堂的桥梁。突然想起上次与他见面,他说,我这都单身好几年了,你赶紧给我介绍对象,我要是再不恋爱,就来不及了。

与他相识也有十载光阴了吧,依稀记得和他稚幼时在家门口叫嚷彼此姓名邀约出来玩耍时的场景,那是青涩得能掐出水的年纪,在烈日下追逐嬉戏,伴着黄昏各自归家。

转眼大家都已成人,在这时光行进之中,我们成了彼此的挚友,照见了对方的青春,就像我曾对他说的,即使你以后找到结婚对象了,对方也不一定有我那么了解你呢!即使是在他得知自己身患急症之后表露出的坚韧行为背后,我也同样了解他内心其实有多害怕在这生命仅剩的时光中就此零落成泥碾作尘的那份脆弱孤寂。

众人眼中的他是个早慧之人,他的行为似乎总比同龄人要显得成熟,而在我眼中,他只是个孩子。

我还记得去年冬天,我正经历着一段艰难的岁月,面临工作、感情上的重重困境,情绪也随着越发冰冷的空气越发低落。他突然来到我家门口,背着一个旅行包,手中拿着两张去往J城的车票,告诉我,他辞职了,现在和我是一样的处境,我们都应该抛下身后的这些尘埃,整装再出发,开拓新的人生。

这样的岁月在尘世涤荡中是一片弥足珍贵的海域,容纳了那些忧愁与悲怆,而他像是个渡船人,是在我见过沧海桑田,尝到炎凉世态之后,可以倚靠的挚友。

他曾和我说,他的青春像行云般匆匆地掠过,虽然过得算顺遂,但曾经想做但没能去做的事情堆砌在心里也积成了厚厚的一本遗憾。好在时间万番流变后还有像我这样的朋友愿意与他促膝长谈,有时即使相对无言,彼此听一首歌也觉得时光没有白流。

而我想让他知道的是,这对我而言,是给了我一次一起与他携手共渡难关的机会,他更要知道的是,不管命运如何捉弄人,不管时光如何奔流,我都愿意与他跨越这些险阻。

他平日生性沉静但极具冷幽默,生活正面积极,不混夜店,无烟酒的瘾，喜欢看书、听歌、看电影，家里面摆放了无数的CD和DVD，也会烧一手好菜，朋友们都喜欢在他家一起聊天、吃饭、看电影。他的内心沉着温厚，成了朋友圈子里所有人的倾诉者，他也总能以正面思维为大家解答各种问题，但又不试图去改变别人的想法。但他做事顾虑太多这点显然有些太过偏执，他在纠结到底要不要染一次亚麻色头发这件事上整整纠结了大学四年的时间，直至毕业工作了也未染过，近乎纠结狂的脾性也使他在面对个人感情时变得十分没有主见。他说，这是他性格的缺陷，我则对他说，他只是还未遇到一个真正对的人。

他喜爱看书，多年来相互赠予的礼物大部分也都是书籍，他能写下宛如女子般细腻的文字，陆续收到过一些杂志的邀稿，但他都一一婉拒了，他说，文字是一件非常私人的事，不愿公开发表。整理他这些年来送予我的书，看到他写在李暮《相忘于江湖》扉页上的一行文字，"世事总是难料，如果有一天我们的友情因为突发事件再也无缘再续，那让我们相忘于江湖"。这行字现在看起来就像是一句预言般让人担忧。

之后，与他共度了低潮期，期间有过的伤痛与哀愁在剩余不多的时间面前变得毫无意义，他说，这命运的安排将人安放在何处都是一种生活，他和大多数身患疾病的人一样经历了这一种遭遇，命运只给他比常人要短的时间来让他把生命活得和别人一样长，也就是把五年活成十年或二十年，他不能再继续让自己的青春变得荒唐，而是要活得更有意义，至少要把生命里尚能弥补的缺憾一一完成，明天就去染一次亚麻色的头发，再去坐一次过山车。

这些年，他所教会我的坚定、乐观是足以让我延用一生的，即使到现在，在这烟尘世间行走这么多年后，我看到的大多数人都成为把自己对命运不公的怨怼积攒成一把尖锐的利剑试图割裂他人喉咙的嫉世者，而他在面对困境时的那般雍容大度是大多数人鲜有的。正因他的晴朗，才让我的天空变得如此暖煦。

想到这里，我的视线也渐渐模糊了起来，与他共同度过的岁月清晰得像电影般历历在目。得知他身患绝症的消息后我也怨怼过这个不公的命运，我以为像他这样平和自敛安分度日的人可以免于这些责难，我也以为他的一生都是风和日丽的，可这命运的毒手却狠狠地掌了他的生命一掴，庆幸他没有就此溃倒，而是振作起来，下完这场命运摆设的棋局。

韶光易逝，最令我觉得幸运又很感激的是，在这时光千般流转中一直有他与我一起坐观云起，作别日落。每每想起，就仿佛看见他拿着相机在山棱溪水间用他的视觉参悟山水意义时的身影。

接近午夜时，收到他的信息，他说，人活着时即使命运让人万箭穿心，也要袒露着胸膛对命运一笑置之，人尚有时间可以与命运对抗，就不允许命运将人击溃，在命运面前更容不得一丝狼狈与怯懦，这是弱者的表现。

这生命的未知性让生活变得戏剧化，这一秒的天堂，下一秒就可能遁入深渊地狱，命运让我知道了，当一个人的生命遭际变得不幸的时候，应该将手中还握有的时间活成一种幸运与试炼，期间，务必要坚强抵抗。

这世事的流变向世人展露了他的无情与不公，我们不应该让这流逝的时间照见生命的孤独，而应该将他化成利刃斩断前路的荆棘，人要相信，即使你的前路已渺茫，也要继续开拓前行，因为只有这样才不算白活。

人生不允许哭泣

从小母亲就教诲我遇到挫折时定要沉稳有担当,更要学会"人前不言弃,有泪不轻弹"。父亲说眼泪是晦气的事,因此非常忌讳,可我偏爱哭,父亲也会很不留情地在一旁数落,而姐姐就在一旁不作声地扯着我的衣角以示安慰。熟识的亲戚朋友总说,这俩孩子的脾性真是对调了,男孩爱哭像女生,女孩坚强如男生。

长大后我为自己爱哭找了一个合理又体面的托词——感性。

而姐姐,则渐渐成了一个即使内心悲怆万分也可以隐忍的人,绝不轻易表露内心情感,更别提在人前掉泪了。她似乎一直偏执地认为只要不在人前掉泪就不会让人看见她的弱点。她从来都是一个内敛自持的人,不轻易袒露她的喜乐,似乎也从不需要任何人去分担她的忧愁,而我却从她倔强的眼神中看到了她的心事。

我记得那是一个冷冽的冬天，家乡的冬天总是霰雪漫天，地上堆积了厚厚的雪。时常有孩童在公园里堆雪人，打雪仗，非常热闹。

那个冬天，爸妈出差在外工作，嘱咐我和姐姐把家看好，彼此要好生照应，早上起床，看到姐姐给我留了一张上面写着"饭菜在桌上，热了就可以吃，我下午在外，晚点儿回来，记得看好家"的便条。直至夜深，姐姐尚未归家，我觉得担心，便独自去寻她。我沿着去姐姐学校的路走，看到路边的人工湖泊都结冰了，成群的孩童在湖面上嬉耍打闹，这使我的内心增添了几分担忧。转角走到路口后，便看见姐姐坐在路边的台阶上无声地低泣着，那是我第一次看见她流泪，我在旁注视了很久，内心一直在揣测，她为何而哭，可又忍住不问原由。我走过去拍了姐姐的肩膀说："你一个人在这干吗？我和朋友在这附近滑雪，准备回家了，要不要一起回家？"但她不说话，只是起身和我一起走向回家的路，途中我们两人都保持了缄默。

其实，那一刻的我，很想为姐姐擦拭眼角的泪，只是我知道，按姐姐的性情，即使问了她也不会作答的。于是，就这样任凭姐姐独饮心事。我也一直相信着，总会出现一个合适的人能给她一个肩膀肩负起她所有的心事与忧愁。

但在这烟尘世间行走这么多年之后发现，无论是至亲还是挚友，若有一方时常怀揣着不可告知自己的心事，当你察觉后，那种心情真是锥心难耐，若是问起，又怕戳破对方的痛楚；若是不问，又觉得那种不了解，是一种情感上的缺口。你要知道，生活当中，若是你的至亲或是挚爱无法领略我们发自内心的那种关怀，反而是选择不告知与逃避，这对于关怀者的我们而言是一种欺瞒与不信任。若彼此是本来就远疏的关系，倒是容易理解也容易淡然的事。但若彼此是情感深厚的关系，对方的每一滴眼泪都是会引起我们的珍视的。

后来的几年，Z的出现成了姐姐感情生活中的一部分，他们的感情延续了六年的时间。姐姐说，她是打算嫁给这个平凡的男子的，愿意为他放弃事业，并为他生儿育女。双方家庭也已在筹备订婚的事宜。直至今年秋至，街道两旁的落叶纷纷离树凋萎，似乎预示着某种情感的终结。Z发短信告知了他与姐姐多年的好友J之间已有两年的地下恋，几行简短的文字道明了隐瞒已久的真相。姐姐将这件事在饭桌上告知了我，嘱咐我不要向家人透露，家人若是问起为何与Z分开，就说是因为不喜欢了，彼此不合适。姐姐还是一贯的故作坚强，一个劲儿地埋头工作，那种顽强看得人心疼。

可我又何尝不知道，六年的感情对于一个内心沉实的女子而言是厚重如珍宝的，她将自己最姣涩的青春与容颜交付给了一个曾给予她承诺又亲手戳破的男人，六年的时光若说是一场梦，也是一场难以醒来的梦，不知会有多少个午夜梦回，惊扰着姐姐曾安顿好的心。那年冬天，姐姐坐在路边台阶上低泣的画面一直在我的脑海循环播放。我也曾以为Z是她生命里可以交付心事与忧愁的人，可他与J的事真是一场荒唐的戏，断的是两份感情，三个人的情谊！

我放心不下,便搬去和姐姐短暂居住了一阵子。最初一切如常,与以往的生活似乎并无不同。

那是像往常一样的夜晚,城市的喧哗静了下来,姐姐做了夜宵,突然对我说了一席话,她说:"弟,你要知道,对待每一份感情都不要轻易向对方允诺任何事,一些好听的盟誓总是经不起现实的拷打,是很容易就夭折的。你更要知道,若你对一个人允诺了,便是给了对方一片辽阔的天空,你告诉对方,可以在天空中翱翔,但当你忘了告诉对方,天空也会下起雨打起雷的时候,这对于内心有期许的人而言是一种陷阱,一旦陷入了,会摔得伤痕累累。这么多年了,我自认为我是一个足够坚强的女人,从不向任何人透露我内心半点儿心事,Z的出现打破了这一格局,我将自己从稚幼到年长的经历与困苦告知了他,让他走入了我紧闭的心扉。这六年的日日月月累积了我对他的一份份厚重的感情,可世事难料,一切来得猝不及防,J的介入更让这段感情变得戏剧化。但这点儿挫折我是能承受的,只是想起六年的感情背负了出卖、背叛之后内心太过不甘,Z昨晚发短信来,说是要感谢我的成全。"说到这里,姐姐的眼泪夺眶而出,身体随着内心的悲怆颤抖着,那一刻,我一个怀抱将她拥住,仿佛也听到了这么多年来挤压在她内心的呐喊。我告诉她:"无论你经受了何种风霜雨露,请一定要记住,家是你最坚实的后盾,也是你永远可以倚靠的港湾。"

搬出姐姐家的前几天,她理清了思绪,辞去了工作,一个人背着简单的行李去旅行了。她说:"我要去看看这个世间还存在着的美好风景，去找回这几年在Z身上走失掉的青春。"

我想无论你是谁，即使你内心再坚实，也会有崩坏的一天吧，那一刻就让眼泪来洗涤晦暗的心吧！你也终会遇到一个与你携手一生的人，他会给你一个辽阔无畏的胸怀容纳你的万千情怀，他也会给你一个宽厚的肩膀肩负起你的欢乐忧愁，他更会为你抵挡前路的风霜雨雪，为你擦拭眼角因为感动而晶莹的泪光。若他迟迟未出现，请别急，他正在来的路上。

做一个有情有义的人会比做一个寡淡漠然的人更疲累

身旁,有许多对感情执迷的人,他们对一人倾注数年的深情,却始终无法得到对方的回应。

朋友L,单恋了M三年,也放低了姿态追随了M整整三年的时间。今年昆明的气温异常冰冷,下了三天的大雪,电视台也在播着春城下雪的新闻。下雪的第二天我得知L出车祸的消息,便去医院探望。她身上多处骨折,严重脑震荡,昏迷了很久。旁边的护士说:"她到医院的时候,手里还拽着装着毛毯和热水袋的袋子,是给你买的吗?下雪天怎么让她一个人出门,你这男朋友怎么当的?"后来我才得知,由于下雪,L的住处周围的店铺都很早便关门了。路上结冰,L出门买东西时跌倒,还没来得及站起来,便被一辆车胎打滑的电动车撞倒。M得知L住院的消息后,以要为公务员考试做准备为由始终未曾探望一眼。我又何尝不知道,L是为了M买的东西,希望不会照顾自己的M能渡过一个温暖的冬季。那天守夜,倚靠在L床边,半夜感觉到L身体轻微的颤抖,听见L低声的抽泣,那一刻，我拉着L的手，她突然放声哭了出来，只字未语，却让我听到了来自内心绝望的哭喊。

L这三年里为M付出的精力与时间总是令旁人动容，身旁的男性朋友常常拿L的举动开玩笑说："要是有个女生为我这样，我都愿意为她生孩子了呢。"但在M心中恐怕再有无数个雪中送炭的真情也不足以融化他冰冷的心。说是L单方面自愿如此倒也无话可说，但M也从不干脆拒绝L的感情，时不时给予L一点儿遐想的暧昧言语，让L试图去抓住注定会落空的东西。事已至此，旁人看来，L甚至未曾得到过一份仅仅属于M对待普通朋友的那份尊重，这样单方面的爱恋早已没了任何意义。

这令我越发不相信一味的付出可以打动一个人的心，我们要知道，人心可是比海还要幽深的领域，很难做到真正的抵达。这感情的轮回纠葛也总是惹人怅然，但无论是痴迷者不悟，还是不悟者的漠然都已变得索然无味。有句话说得好，有时候，做一个有情有义的人，会比一个寡淡漠然的人更疲累。

若无法遇到一个对的人，选择一个人去生活会更自在

情绪会随着冷冽的气温变得清醒，午后接到前度的电话，得知她刚结束一段恋情，她说突然想起我，彼此寒暄后，祝愿对方都能过得安然且幸福。挂电话的时候，她问我："我们之间是否还有再在一起的可能？"

还记得，和她分开后的很长一段时间里，几番梦里见到她的身影，午夜梦醒时的内心一片虚空，仿佛走失暗黑海底，无从呐喊，无从抵岸，孤立无援到似乎丧失掉整个世界的音信。之后遇见过一些人也再无从前的热情。毕竟与她在一起的三年里彼此所耗费的情感精力是厚重又难以自持的。当初分开的理由现在想起来也觉得模糊，只记得她说，谢谢这三年的陪伴与关照，可她却无法再维持这份感情了。而那晚，是我因病办住院手续的日子，之后她便也再无音信。偶尔在朋友那儿听说，她遇到了新的人一起生活。

电话里，她说，被你喜欢过真的很难再觉得别人有那么喜欢我了，这样说或许很矫情和虚伪，但在分开的这些日子里，身边辗转地停留了一些人，兜兜转转后发现还是和你在一起最自在和快乐。

我想，在一段感情中最重要的就是陪伴了吧，她愿在你欢愉抑或困顿时伴你身侧，才是最为真切和温暖的，足以抵过所有的信誓旦旦。

然而，这广阔宇宙中的爱虽可以浩渺无畏，但在这广漠世间中个体的爱大多都太狭隘自私，若始终无法遇到一个能与自己静观云起云落又对他心存希望的人，选择一个人去生活可能更自在。若如今与你在一起的恋人无法在你真正需要时在你身旁与你携手并进，那你是否应该重新审视这份感情？

后来，我发了一条短信给她，上面写道"你早已错过了我们的时光"。

别把你的坦率真诚说给那些不相关的人当作荒唐无稽的笑话

无意间在豆瓣里看到这么一句话：别人稍微注意你，你就敞开心扉。你以为这是坦率，其实这是孤单。

年少的时候，心里有事便装不住，一个劲儿地往外道。现在想来，觉得自己的伤春悲秋怎么那么莫名其妙，这些莫名其妙的垃圾倒给了身边的人，无意中把他人当作了垃圾桶。现在若是有人在我面前一个劲儿地矫情，一个劲儿地无病呻吟，一个劲儿地伤春悲秋，指不定我会想喷他一口盐汽水呢。

年少的时候，我也挺爱和身边的人谈论梦想，其实有些东西真的是努力了也无法实现的，就拿感情来说，你说这鱼再怎么努力能和天上的飞鸟成双成对呢？其实，这感情和梦想都是冷暖自知的事，说多了只是费口舌的事儿，毕竟感情和梦想无论怎么演变，结局都是自己的。

我们会被人忽略，会被人遗忘，也会忘记一些人，哪怕曾经是情感深厚的人，在经历过一些淡漠的事后，总会渐而疏远直至陌生再无交涉。我们更无法指望自己的三百六十五天里每一天都有家人和朋友的相伴。在外遇到委屈，不可能时时都有人听你倾诉，更多时候还是自己吞咽。所以，少说话，多做事这个理说得才叫实在。

所以千万不要轻易把你的坦率真诚说给那些不相关的人当作荒唐无稽的笑话。

你爱的人不爱你，爱你的人你不爱他，这不是巧合，而是常态

现实的诸多责难令当代人的心变得坚硬难以触碰，很难再有爱人逾生命的情结，不是自私，只是顺应了时代变迁所留存下的腐朽面。

令人们刻骨铭心的爱恋太少，一段感情的开始与结束常常如一场不期而至的大雪，日照大地后，雪融人散只是片刻光阴的事，不记于心。

若有一人的眼眸对望你时闪耀如星火，他能与你携手渡河，指引你涉水而过抵达上岸，为你烘干潮湿的衣衫，生一簇火取暖，伴你渡过夜的寂寥。那么，你是否应该珍重此番真心？还是心中有一个声音告诉着你，他待你好，可你无法爱他？

人类是奇怪的生物，无论对方待你多好，你也无法为之动容，哪怕对方拥有相貌、才情和富裕的家庭，只要你与他相见时差了一个瞬间的动心，都是隔了一个恒河的距离啊！

相爱太难，如今太多的爱恋都是你爱他他不爱你，他爱你你却不爱他，如此往复循环，令人心乏难耐，便很难再轻易接纳别人的感情，也很难再对他人付诸真心。

我想知道，在某个夜晚，当你独自夜行，晚风冷冽，夜路凄惶，却始终无人为你夜携灯盏为你引路时，你是否会期盼着一盏指引你的灯？

人可以活得透彻，但别忘了快乐

吴念真说过，太过透彻的人不容易快乐，反而傻傻的什么都不知道的人，往往更幸福，即使这是别人嗤之以鼻的幸福，但那毕竟也是幸福啊！

年岁越长，越觉得心态是否成熟这件事和年龄真的没有必然的关系。身边不乏年纪轻轻，便领会且拿捏好了现实社会诸多条律的人，他们在为人处世、思虑周全等方面表现得与年纪不符，他们似乎只走了常人一半的岁月便和他人并肩而行了，我常常觉得这类人很是早慧。而我们人群中的大多数总要直至暮年，到了回忆占据生命大半时光的时候，才开始看透生死、看透情感，看透许多曾在生命之中无法释怀的事。

H年纪与我相当，正值年少，大一便开始在外工作，到现在已经有比同龄人多的社会经历了。当一群朋友围坐在一起谈论各自梦想的时候，H总是一语击破大家的热情。他说："梦想可以有，但总要考虑是否现实,可别让它真变成无法实现的梦了,有在这儿谈论梦想的那份热烈与时间还不如付诸行动!"时间久了,很多朋友都对他渐渐疏远,总觉得与他交谈不够自由,也没有一起天马行空遨游在年轻人炙热的梦里的那种默契。我想,大多数同龄人都不会喜欢从同龄人嘴里听到太多大道理吧,若是有一方大道理说得太多了,会给人一种"我懂的永远比你多,你怎么那么幼稚"的感觉吧。毕竟在这会做梦的年纪里,大多数人都不想走得太匆忙,还是习惯性地想让时间来教会我们总会懂得的道理!

但我知道H是单亲家庭,与母亲相依为命,因为一些难以启齿的家庭矛盾和父亲算是断了父子情谊。他过早在外工作是想为操劳的母亲减少负担,这几年的学费及生活费大半都是他自己赚的,是个很勤奋上进的人。由于工作经历的关系,他在外为人处世也格外小心谨慎,对待好友倒是秉持了直肠子的性情。我若遇到困惑之事也喜欢与H交谈,他总会有更成熟的建议。这年临近立春的时候气温开始回暖,与H在路边的烧烤摊喝酒,H工作不顺心,喝得有些多,便开始搭着我的肩膀,醉意迷离地对我说从小他爸妈的婚姻就不顺遂,他心里对父母的回忆只有无止境的争吵与打骂,后来父亲撇下他和母亲离家出走后,再无任何音信。上了大学后,他便开始在外努力工作,无论受到多大的委屈他都挺过来了,这么多年的经历使他会在一件细微的事情上做最周全的打算,他甚至还为自己某天出意外而早逝做了一些打算,这么多年其实也习惯了这样的心态了,无非比常人多了几分考量,忧虑也沉重一些而已。他希望老年时能活得风轻云淡一些。他也发现与年龄相仿的大多数人越发格格不入了,总觉得很多人太急于表达自己,谈理想前程或人生苦厄时又时常大肆抒怀，虽然尽兴又自在，但他觉得，当一个人的人生遭逢急变，甚或生死分离时，那一刻诉不尽的哀愁应该和谁说呢？还是得自己去担待。于是很多时候他选择了保持缄默，只是有那么一刻，他是羡慕那些自在的人的。说完，他便趴在桌上沉沉睡了过去，那一刻，我看到了他身上负荷的疲惫。

而我觉得人不应该活得太过透彻，也不应该活得太过自我，手中可以自持的度尤为重要，若握得太满会溢出来，若握得太少会握不住，握住的那个东西叫作生活。你要知道，生活本身就是个时间推移的过程，我们应该在相应的年纪做相应的事，思考相应的人生。好似酿酒一般，愈陈愈香，让人生走到自然熟透的年纪。

当然，生活的不可预知性，让我们不知道明天会发生什么，但心态应该是随着年月的增长而循序渐进的，或许你明天会遭逢挫折，它会使你的心态迅速转变成熟；甚或你的生活如常没有太大改变。但无论怎样都是时光留给人的东西。我们应该随着流淌的时光长河停泊在相应的岸，至于这流淌的快与慢就让这如常或无常的时光来择选。无论我们是否活得透彻，请别忘了那颗追寻幸福的初心。

你要懂得，只有努力过、争取过的人生才算得上人生

黄碧云说："如果有天我们湮没在人潮之中，庸碌一生，那是因为我们没有努力要活得丰盛。"看到这句话的时候你是否会开始寻思自己有没有在努力让自己活得丰盛起来，你的答案是什么？

上学的时候，身边时常有同学对生活感到迷茫，平日，成天窝在宿舍里面对着电脑，生活被虚拟的网络填满。临近毕业季了，便开始担忧应该何去何从，应该去往哪一个城市，应该找一份什么样的工作。到了工作的时候，很多人做着一份自己不喜欢的工作，领着微薄的薪资过着平庸的生活，会感到自己逐渐被人海湮没，渐而忘记最初的梦想。又或许你也曾是个对生活怀揣着热忱的人，渴望能凭着自己的一腔热血杀出茫茫的人潮，把平庸狠狠地踩在脚下，但在经历多次的现实责难之后，你开始意志消磨，曾闪着锋芒的光逐渐逝去它的光泽，你渐渐迈向平庸的人群，方才觉得生活虚空，人生无趣。

就我自身而言，再也不是那个自诩为少年的年纪了。年少时会觉得生活里并没有什么太大的目的，觉得能平顺地活着就行，不想去关心季节变幻，也不想去理会人事变迁。但在遭逢了一些生活急变之后，开始感谢现实给自己的那一个狠狠的巴掌，拍醒了那还在沉睡的年纪。他让我深知，人就算活得再内敛自持，生活都不可能永远是风和日丽的。而人的成长似乎也只是一夕之间的事，我开始害怕人生匆匆，害怕再也来不及去实现梦想，更来不及去报答爱我的人，也害怕无法遇到一个能携手未来的人。于是我开始想跋涉过那些曾因为不坚定而放弃过的理想之巅，我不想让自己的生命成为一场虚无。于是，我着手去做曾经想做但因畏惧而放弃的事，细小到坐过山车，也学会理清自己的生活计划，将摄影、写字等爱好重新拾起并努力拓展更多的能力，也学会去善待身边的人，去爱自己想爱的人，更重要的是要努力实现内心期许已久的梦想以及尽自己最大的努力去孝敬父母。

人是不该畏惧平凡的，却应当执拗地反对平庸，平庸是件可怕的事，你有可能就此将你如常的生活过上个几十年，每一个日日夜夜你都在重复着同样的生活。生活的期许也在渐渐变少，憧憬也在变淡，这样的人生就像一条干涸的湖泊，丧失了生命原本的力量源泉。我们不应该等自己的时光年轮老了以后才想起追悔青春，更不要等身体无法践行梦想的时候才想要去丰盛自己的生命。我们所期许的，所憧憬的，所渴望的一切，都应该趁一切来得及之前努力去追寻，去抵达。

何况，生命那么无常，人生那么艰难，当我们遭受到命运的责难的时候，怎能轻易服输，就算此刻的我们跌倒在人世炎凉的尘土上，也要努力站起来去追寻生命的源泉，就算要去翻越万丈高山，跋涉万千险滩。但我相信，到那时候，当我们回头看看脚下的路时，会发现生命在来时的路上开满了花。

你要懂得，只有努力过，争取过的人生才算得上人生。

你没有他们那样的家境和天赋，所以你要比他们更加努力

或许在你身边，有些人是含着金汤匙出生的，生来富足，生活安逸。或许在你身边有着天赋异禀的人，在他的领域里拿捏自如。他们都同样令你心生羡慕。因为你既没有家底殷实的背景，也没有生来就耀人的天赋，你的路走得比他们艰难太多，但你要记住你可以比他们努力做得更好。

家境好、有天赋这种事情就像是上辈子修来的福气，更像是一双加持在人身上的翅膀，要比没有翅膀的人轻松太多，但这样的运气并不是人人都有的，人群里的大多数都是平凡人，我们只能靠自己一步一个脚印地走，走得慢的时候我们可以选择努力奔跑。

就我自身而言，家境平凡，也没有学习天赋，从小父母就希望我能成为一个学习优异的人，能为他们在富有的亲戚面前争回些许颜面。可我从小成绩便不好，直到高中更是对学习提不起兴趣，后来勉强考上了一所艺术类的二本院校，给家庭增添了额外的经济负担。小时候和舅舅家的儿子由于年龄相仿是打闹着一起成长的兄弟，直至上小学后，彼此的学习成绩开始拉开差距，他总是学校里面的尖子生，时常得到老师、长辈的赞许。而我，不争气地成为班级里最平庸的学生，数学成绩出奇的烂，父母为此伤透了脑筋，一方面觉得在亲戚朋友面前抬不起头，另一方面又对我百般失望。而那段时期，舅舅屡次升职成为了当地某局局长，可谓是诸事顺遂，谈话间总是趾高气昂的。而我家，做生意遭逢意外，靠着父亲微薄的薪资支撑家里面的所有开支。记得那几年每逢过年，一大家子都会聚合在外婆家吃团圆饭，大家会聊起各自家庭及孩子的学习情况，那时候我时常看到父母那种觉得事事不如人的神情透露出的哀愁与自卑。加之亲戚朋友之间的攀比以及舆论，也致使我与表弟的关系越发淡薄，直至现在交往甚少，剩下的只有童年时期对彼此的记忆。之后的几年里我也尽量避免那样的家庭聚合，不知为何，每每回想起父母的神情与那些互相间比较的舆论总觉得像是内心无法磨灭掉的阴影。在中国大多数的家庭里，孩子的学习能力似乎大半就决定了往后会成为怎样的人，这样腐朽的想法已经根深蒂固了，希望能有打破的一天。我也真的很感谢父母还是这么爱我这个屡次让他们失望的儿子，而我也在努力让他们过上最幸福安稳的生活。

就我自身而言，没有可以镇压四方的学历文凭，也没有越人一等的天赋才能，家中更没门路关系为我准备一份稳定合宜的工作。好在我在大学里参加了诸多可以锻炼自身交际能力的社团和活动，学习时间认真修专业课程，也拓展了个人喜好，亦利用课余时间在外工作积攒了一些工作经验，算是一个努力的人，所以在对未来这件事上并未感到迷茫，实习期间也并没有乱了阵脚。与母亲通电话偶尔会听闻，在某重点大学的表弟在学校里过得并不顺遂。

在社会里，我们要有积极进取的心态和人生观，也要有和别人融洽相处且合作的情商，更要有胜任自己工作的知识和技能，以及能积极学习新知识和快速适应新环境的能力。

就大学生而言，我们应该利用大学四年的时间找准自己的位置，定位自我目标。或许你不喜欢你目前的专业，但你可以拓展自我爱好，当你把爱好发挥到一定的层次的时候，它会渐渐成为一种你特有的技能。而当你没有耀眼的学历，也没有富足的家底的时候，你更要在大学四年里锻炼自我能力，做好相应的准备，以防毕业后乱了阵脚。可别到了毕业季的时候，才发现这是一个遍地都是一流名校毕业生，随处是硕士、博士的时代。更别成为浮水飘萍般既没经验也没有耀眼学历、更没有专长的新人，那时候的你只有被社会选择的份儿，之后你开始忙碌于格子间的流水线上，早晚穿梭于公交地铁里，晚上蚁居在出租房里，你开始投身于社会大熔炉中，磨光所有的自我和最初的梦想。而那些因为家境关系迅速找到一份稳定、待遇丰厚工作的人过得平步青云，实现了你曾想实现的梦想。别到了这个时候才开始思考你的人生。

而对于已在社会中的人来说，首先得认清自己在社会中的所处位置，当你开始在一个岗位上工作了，别轻易放弃，别不断更换工作，你没有那么多时间浪费在做选择上。你应该快速地找准一个方向，况且在社会上找到一份自己喜欢，薪资又满意的工作是件难事，别和自己较劲儿。脚踏实地地在一个岗位上努力工作，我相信总有出头的一天。

一个人的未来会如何，取决于很多因素，或与家庭、学历、长相、际遇等相关，但我想这些都没有一个人的综合能力和上进心来得重要。如果你对命运的不公会有所怨怼，适可而止吧，你应将这份怨怼化作脚下的动力，努力通往光明的未来。要知道当你在那里抱怨命运又安于现状的时候，那些拥有翅膀的人会飞得更远。

有些人从出生就注定过得顺遂的，你或许会比他们遭逢更多的挫折，或许会觉得人生走得太艰难，但无论如何请别气馁，用尽力量去实现自己的梦想，趁一切都还来得及。

文●婉艺

我们都曾经历悲伤

所谓青春,就是在你对一切还充满好奇跟激情的年纪,去体会那些最极致的快乐和悲伤。

所谓成长,不过是个历经伤痛的过程,等你学会为自己疗伤,也就学会了如何假装是一个成年人。

而所谓人生,无非就是个在伤痛与快乐中不断寻找的过程,寻找对方,也寻找自己。

在这个寻找的过程中,我们感受被爱,被伤害,然后懂得去爱,付出爱,最后变成一个真真正正的成年人。

我们所经历过的那些点点滴滴,伤痛也好,快乐也罢,最后都化作一颗颗通往未来的种子,愿我们每一个人,都能认真地收集它们、保存它们,再亲手把它们播撒在明日的清晨。

行走世间，全是怪人

有个朋友的朋友，跟男友恋爱八年，分手无数次，最近听说彻底分掉了。

我们不熟，分手之前我见过她一次，那是个很活泼的女孩，身材好，性格开朗，可以说是美女一个。我很喜欢她的个性，也很佩服她能坚持八年的感情。

她跟男友初中认识，一同念书，一同毕业，一同高考。大学中途男孩退学回家做生意去了。女孩念的是航空学校，毕业后本可以去飞东南亚航线，可男友怕她一飞不回，于是女孩为了男孩，放弃工作，留在家中。可现实不是偶像剧，他们并未"从此过上了幸福的生活"，而是男孩逐渐厌倦，觅了新欢，于是分手。男孩玩儿够了，又回来。女人毕竟是感性主导的动物，于是原谅男孩。男友不时又觅新欢，女孩几近崩溃，没有好的工作，只能在小区做社区服务。也没有好的感情，那个男孩儿就是这样的个性，根本安分不下来。到了两家开始正式谈婚论嫁的前夕，女孩终于忍受不了男孩的花心，两人分手。

分手之后我又见过她一次，因为她之前把头发都剃了，那次见面她是个板寸，依然活泼开朗，谈笑风生，眉宇间也并未见小说中描述的那种"淡淡的忧伤"。还调侃自己说，小区门口有人经过，又退了回来，问她：你是男孩儿还是女孩儿？

我这才知道，其实每个人都很坚强。

听说之后她也谈过一些短期的恋爱，可这个为同一个男人打过数次孩子的女人，已经再也没有什么剩下的爱可以与他人分享了。最近再次听说她的状况，说是现在和一个女人同住，两人常常拉着手同来同往的，其他人也不知道这两个女孩儿到底是什么关系。

我愕然。

也许她是真的去爱女人了，也许她是不愿意再爱男人。爱谁不爱谁也许真的能够选择吧，当我们足够强大的时候。

又或者，她是再也没有力气去爱任何人了。

后来认识她的人，可能永远也看不懂她。只觉得她怪，只有我们这些旧朋友才会知道，她曾轰轰烈烈不顾一切地那样爱过一场。

另有位男性朋友，大四那年遇到一个女孩，他决定放弃自己回家的机会和今后能继续深造的学业远去他乡，为的就是"喜欢"二字。可那女孩子之前答应得好好的，事情到了眼前却并不领情，男孩千里迢迢到了火车站，女孩却连电话也不肯接。男孩又累又困，在火车站等了女孩一夜没有消息，灰溜溜回到学校。从此发奋图强，去了一个北方大都市，对过去的事绝口不提，至今也没有再交往正式女朋友。当年那么执着的孩子，现在的爱好变成在豆瓣上申请无数小号："寻觅419"。

其实他至今想着那个女孩，从2009年到现在，常常看她空间，留意她每天的心情，看她和别人的对话。也觉得自己今后一定会找一个跟她类似的人结婚。我问，为什么不是和她？"因为得不到。""估计过几年，我还一无所有，女孩都该结婚了吧。"

他就追过那么一次女孩子，别的一切都可以不要，却失败了。

"我以后再也不会那样追一个女孩子了，觉得那时候的自己真傻。"他说。

也许上天，就是酷爱惩罚那些任性的孩子。

另一位闺密，跟男友相恋两年，两人从未吵过架红过脸，却突然收到陌生女人发来的彩信，跟她男友躺在一起。女孩愕然，再拨男孩电话，男孩不接，从此消失得无影无踪。

不知后来那对男女如何了，只惊觉两个人从不争执，也未见得就是好事。

再说最后一个男孩的故事，名校研究生，和女友相恋七年，好不容易熬到硕士毕业，工作稳定，双方见家长的那天。酒席的日子订好了，喜帖都悉数发给了亲朋好友，女孩却在婚前一周突然死也不嫁，三个月后，嫁给了一个刚刚认识不久的男人。

在这些简短的、悲喜交加的故事里，时间算什么，共同经历的风雨又算什么呢？

可真是那句，一切都已注定。是你的就是你的，不是你的，无论怎么努力，也强求不来。

一直觉得，所谓的爱情是个瞬间动词，根本就靠不住，天长地久的那是亲情，是血脉相连的责任。

真不知道我们这一代人，究竟是把感情看得太重还是太轻。我们读着父母前辈的故事，虔诚地相信地久天长，我们看了那么多的电影电视剧，也向往大团圆的结局。可我们又是这特殊的独生一代，免不了自私冷漠，在物欲横流的当代社会中挣扎，不免又觉得世间真爱难寻；我们读书看报，看电视、上网，渐渐什么都看得多了，免不了比同龄的前辈们更加现实和冷静。

因为那么多光怪陆离的故事都听过了，就再也不爱看言情和武侠小说，因为知道所谓的"神仙眷侣"都是假的，背后都有秘密、委屈和别人看不到的隐情。所谓跌宕起伏精心安排的情节，其实也远远不如现实生活那么曲折离奇。

昨天跟一朋友聊天，她说，这世界上就是没有什么正常人，就像《银魂》里有一集的标题一样——行走世间，全是妖怪。

也许当我们最后"长大成人"，熟读四季风景，自认为了解一切的时候，还会发现自己仍旧只是个孩子，面对很多事情，依旧束手无策。

多少别人的故事，我们怎么也读不懂；而我们自己的故事，不也正在懵懂书写？

也许对于这世界上的每一个人来说，这世上都会有另外一个人，让你为他变成妖怪。

他让你的情绪低落或者高涨，神经病一样，他能成功刺激到你的每一根交感神经；他不断挑战你的极限，让你认识一个又一个陌生的自己；他能改变一个你以为这辈子也不会改变的习惯，让你爱上一种你以为这辈子你也不会喜欢的食物，带你去看一场你以为这辈子都不会看的电影……或者别的种种，而这时候，你才开始真正了解你自己。

似乎这世间通往另一个世界的门从此为你打开，而你，或许享受、感到新奇，又或许并不喜欢。

你觉得，此时的你才完整。

然而，全面盛开之后便是凋零的开始。

情浓到极致，拖着粘稠的时间，慢慢地也会变得淡掉了。本来就是妖怪，遇到一个让你暴露原形的人，疯狂一番，把所谓的什么轰轰烈烈、爱恨情仇都体验过一遍了，最后经过千辛万苦，再重新幻化成人，等待你的不是海枯石烂，而是一个淡定的你，自省的你，真正了解自己的你。

于是，当你终于身经百战，百毒不侵的时候，这个新的你会淡定地把那些成为妖怪的日子，深深地锁进回忆里，然后再安安静静，死心塌地，选择一个永远不会再把你变成妖怪的人，过完没有那么波澜壮阔的一辈子。

这才是通用版的人生。

王菲在《不留》里唱道：

把风景给了你日子给了他
把笑容给了你宽容给了他
把思念给了你时间给了他
把眼泪给了你……

原来这都是常态。

现在所拥有的一切，我们都没有资格挥霍

　　最近我总是在想，我们现在所拥有的，到底有多少是靠我们自身的努力得来的？

　　我有个发小，啥时候认识的记不清了，也许是刚会说话的时候就已经认识了吧，因为我妈和他妈是高中同学，所以我们一起长大，生活环境也类似，关系也一直很不错。

　　他的爸爸妈妈是本地一家国企的双职工，在我们的小N线城市来说家庭条件算不错的。他的性格很开朗，也很聪明，就是不喜欢读书。

　　我们这儿是个小城市，有这么一批孩子，从小到大念的都是同一所学校，那就是本地最好的小学、中学直到高中毕业，他也是。我和发小有很多相似的地方，比如我们当年都没能自己考上省重点中学，但是都自费去读了。不过他因为成绩不太好，也没有别的特长，所以高考之后就近在本地的一所三流院校读了个本科。

从进学校开始他就一直对自己的状况不满意，看到我们这些朋友同学都在外地，就他一个人在本地，而且由于以前高中念的学校很好，同学的素质和见识等各方面条件自然比他后来所在的三本学校要高得多，所以他一直非常失望，总想出去闯闯。

他本科学的是旅游管理，他说他之前选这个专业是因为觉得可以出去玩，可后来发现其实这个专业只有去做导游才能出去玩。但是他又觉得做导游太苦，所以也没好好学。于是，他目前的状态基本等于没有专业。

毕业之后他妈妈先在本地给他找了一份既安稳又清闲的工作，可是他觉得很无聊就辞职了。后来他先后去过深圳、北京等地，都没干多久就回家了。

他在北京的时候也是找到了一个在北京的超市里开店的熟人，帮着人家搞货运，包吃包住。那时候我在读研，他来找我玩过。有一次我回家他没回，他妈妈要我给他带了两百块钱和衣服。他很无语，觉得妈妈太狠了，真的只给他带了两百块。

那份工作是给北京各大超市送货，其实我觉得还挺适合他的，因为他喜欢到处跑，而且还包吃包住。他跟我抱怨说这个工作要填很多表，然后工作内容就是开车送货填表对单子，非常枯燥的重复劳动。我说，你有没有想过很枯燥的工作对你可能是一个磨练呢？他说太无聊了，而且老板真的好拼命,经常十二点还不吃饭。他也得跟着做事不吃饭。

你想象得到吗?他们都是拼命工作的,可以不吃饭去做事,半夜十二点了还不吃饭在做事!太夸张了,受不了了……

其实我当时特想告诉他,在北京,这样的人太多了,不止他的老板和同事,连我的导师都混到这个地位的人了,也经常因为忙事情而不能按时吃饭。

但是看到他不可思议的表情,我又把话咽回去了。

我对他的看法是,因为他念书的时候并没有学到一技之长,所以在任何单位也做不了挑大梁的活儿,可他又吃不了干杂活的苦。所以肯定悲剧了。

那年年底他就回家了,我跟他妈妈说我就知道他得回来,他妈妈问我为什么,我没说。我总不能对阿姨说"我就是看出来你儿子吃不了那个苦"吧……

后来他父母的单位有那种职工小孩才能参加的内部考试,他爸妈就要他参加了,因为职工子女很多,也不是很好考,他考了好几次,最后他终于怒了,为了证明自己,发奋图强熬夜复习,终于进去了。可是因为考的分数也不高,被分到了分厂,而且进去都是当一线工人,工人就意味着是三班倒,要上夜班的那种。

这个结局按说应该很好了,我还笑过他,据说没有一样工作是钱多事少离家近的,你怎么好像都占了。不过,他还是很不满意,进去以后就常常跟我们抱怨，说这样熬下去快要把人熬死了。

　　一个本科毕业生，从小生活条件优越，突然去做那种简单又无趣的重复劳动，想想确实也蛮无聊的。可是鉴于他大学什么本事也没学到，也许连个专科生都不如，这样想想，我也觉得没什么了。

　　可他还是很不甘心，琢磨了很多不太靠谱的办法想要离开单位。考研也报过，虽然报了个超级不靠谱的专业……但最后都没成，他隔三差五就会问我，到底要怎么办。

　　我能够理解他不能安于现状的心情。

　　今年过年的时候他又跟我说准备考公务员。可是，提前三个月准备，我只能呵呵呵了。我跟他说，如果你真要准备考，就踏实复习一年再考，不然等于是去打酱油。他说需要那么久吗？还说要我看着，他能考上的，不过最近又没什么动静了，也不知道报名没有。

　　他妈妈也知道他的不甘心，但是她觉得他的想法都很不靠谱，所以一点儿都不支持。我们每次假期都会见面吃饭，每次吃饭她妈妈都表现出对儿子不靠谱的浓浓担忧。我记得她妈妈在一次吃饭的时候说："家里这么好的条件，我的车给你开着，到单位就十分钟的路程你也开车去，家里什么都有，这么稳定的单位，你还有什么不满足的？还在那里七想八想，嚷着要走，你到底是想干吗？"

　　我之前一直很不理解她妈妈，为什么不支持自己的儿子出去闯呢？有上进心不安于现状不是很多年轻人都缺少的宝贵品质吗？现在过了这么久,我好像渐渐理解了。

昨天他又问我,他说他想了一天,自己当初选旅游管理的初衷,是想趁着年轻多出去走走看看,那请问有什么工作是可以经常出差的。

我说销售、记者、翻译、导游。他说销售有些是坐在店里的,比如汽车销售,每天都在4S店里面(记者这条他忽略了);翻译就算了,没基础;导游这行很苦……

我爆发了,回他说,想要工作舒服,要么刻苦读书,要么努力吃苦,好的工作你想去别人也想去,你要用实力打败别人。所谓实力,要么是苦X的经历,要么是牛X的学历。

他回:是哦。

其实他跟我聊这个问题不是一次两次了,我也不知道该怎么给建议。过年的这次我是建议他别折腾了,因为从他的现实情况来看,他想安逸,不想吃苦,其实留在家里是最正确的选择,这个单位虽然不会大富大贵,但是起码安稳,也够他生活了。他也问了别的朋友,也是这样建议的。

我也越来越理解他妈妈的焦虑了,她也许是因为了解他,知道儿子吃不了出去漂泊的苦,才不喜欢他瞎折腾,帮他选了考国企这条路。

其实我觉得,他目前有两个选择,一直没机会好好说给他听。一是就在目前的单位待着,做好手头的工作,好赖也是本科生,不可能一直在工人岗位吧。大企业的好处就是可以调动,他如果能够表现出色,调动到其他的岗位，最好是管理岗位，也能学到很多东西。今后即使要跳槽，大国企的工作经验和家里优厚的人脉资源也能够帮他很多忙。

另一条路，是学会一项专业的技能，或者想办法去做一份能够学到一技之长的工作，哪怕从打杂做起也没关系，关键是要学会能养活自己的本领，这样今后无论单位怎样也还能谋到职位。

可是，如果他因为不喜欢现在的工作，还是在单位混日子，以后还是什么都不会，那往后的日子会越来越难熬。

考研考公务员什么的，其实并不合适，因为这不是他的长处，而人在竞争中能够获胜，往往是想办法用自己的长处去战胜别人的短处。

我写这篇文章不是要说教，或者骂他不懂事瞎折腾之类的。我只是看到这样焦虑又无所适从但其实衣食无忧的他，想起了另外一个认识的朋友。

他比我们大几岁，爸爸妈妈一个是农民一个是个体户，在他高中毕业的时候离婚了，他跟着妈妈。后来他自己考上了一所一流本科，毕业之后工作了一年，在一个还不错的单位做公务员。做了没多久他就觉得工资太低了，自己又不是太会巴结领导搞人际关系，在本系统里也没人能关照自己，没什么前途，就辞职考研。我就是在那个时候认识他的，当时他妈妈是不同意他考研的，因为觉得找到一份工作不容易，而且这份体面的工作给她妈妈带来了不少的荣耀。可是他不这么想，他决定考研以后再去找一个工资更高的工作，稳定不稳定是次要的，关键是要工资高。

　　后来他第二年才考上研究生，今年他毕业了，投了几十份简历，最终拿到了六七份聘请书，选择了去一家上市公司，工资暂时不是特别高，但是有销售提成，而且提成额度还比较高。他说，之所以没有做本专业，而是选择了搞营销，就是因为营销有提成，收入高。

　　去年我因为各种各样的原因换了份工作，从北京到长沙，工资只有以前的三分之一，他听说之后对我说，真羡慕你可以选择做自己喜欢的工作，也可以选择去哪个地方，工资高低你都无所谓，因为你的家庭会给你支持。可是我不行，我不能离家太远，因为我妈需要我。也不能找工资太低的工作，因为我的家庭帮不了我任何忙。而且你是女孩子，今后的事情会有人帮你操心，我以后还要娶媳妇，还要攒钱买房子，现在房价这么高……总之，我好羡慕你。
　　我说因为我只是过渡期，所以工资无所谓。他说是啊，你可以无所谓，但是还有很多人，他们不可以无所谓。

　　我永远记得那天他说的这番话。
　　因为那一刻我突然意识到，原来自己现在所拥有的一切，都是和家庭息息相关的。换工作的潇洒，面对低工资的洒脱，当年发誓说考研只考一次，考不上就出国的信心，全都是因为我有一个相对来说还不错的家庭做后盾。
　　和他聊天我才知道，原来，并不是每个人都能完全按照自己的内心做决定的。

也许我们都没有意识到，有些我们生来就拥有的，是别人拼尽全力想要得到而不得的东西。如果你想改变自己的生活，那就尽全力去做去努力，不要让自己留下遗憾，不愿意做不感兴趣的事情并没有什么不对。只是，在这个过程中，千万要慎重，千万不能辜负，我们已经拥有的这一切。

因为我们现在所拥有的，都是父母毕生的心血换来的，我们没有资格拿它来挥霍。

请原谅我爱你不能超过爱自己

——愿每个人都能因为爱情而变得更自由

1

最动听的情话是怎样的?对于这个问题,大概每个人都有自己的回答。但在众多好听的情话里,最令人动容的表达,莫过于"我爱你甚于爱自己"。

这句话,虽然说出来很动听,若是真的变成了事实,却很可能演变成爱情悲剧。在闻名中外的文学作品中,有不少类似的悲剧人物,比如《孔雀东南飞》里的刘兰芝,经典梆子剧《明公断》中的女主角秦香莲;西方的文学作品中也有很多,如莎士比亚戏剧中的罗密欧与朱丽叶,古希腊悲剧中的美狄亚等等,不胜枚举。

他们的故事之所以沦为悲剧,是因为他们对爱的追求胜过了生命。但这只是文学作品中对爱的表达,这样悲壮的情节可以成就伟大的文学作品，却成就不了一个完整的人。

在现实生活中，只有精神独立的个体才够资格享受爱情，如果一个人的生命中只有爱情，而忘却了作为人的其他价值，结局只可能是悲剧。

2
比起"我会爱你甚于爱自己"，我更喜欢的是"我这么拼命地努力，还不是为了将来能以更完美的姿态遇见你"。

3
记得上学那会儿刚接触朦胧诗，尤其喜欢舒婷的《致橡树》：
我如果爱你——
绝不像攀援的凌霄花，
借你的高枝炫耀自己；
我如果爱你——
绝不学痴情的鸟儿，
为绿荫重复单调的歌曲；
也不止像泉源，
常年送来清凉的慰藉；
也不止像险峰，
增加你的高度，衬托你的威仪。
甚至日光，

甚至春雨。
不，这些都还不够！
我必须是你近旁的一株木棉，
作为树的形象和你站在一起……

在这首诗里，作者写出了作为一名独立的女性应有的姿态，即理性的爱、长久的爱应该保持的姿势，是并肩站在一起。
——无论何时，人都不应丢失自我。

4
在爱情的过程中，出现最频繁的表白其实并不是"我爱你"，而是"我想你"。

因为爱你，所以每天早晨起来，第一个想到的人便是你。睡前会想起你，饭前会想起你，看到电视剧里的男女主角拥抱，会想你，看到街上的手牵着手的红男绿女，会想你。看到好吃的会想起你，发生了什么美好的事情，脑子里产生的第一个念头，便是要告诉你。

因为爱你，所以在最需要人陪伴的时候，会想你。在需要人帮助的时候，也会想你。这样真切的想念，最容易变成依赖。

很少有人会想到不要让这种依赖羁绊了对方，因为每个人都一样，在追求爱的同时，也向往自由。

王国维先生在《人间词话》中提出的"治学三重境界",也常常被人用来比作爱的三重境界:"昨夜西风凋碧树,独上高楼,望尽天涯路",为第一种境界;"衣带渐宽终不悔,为伊消得人憔悴",为第二种境界;"众里寻他千百度,蓦然回首,那人却在,灯火阑珊处"为第三种境界,现在看来,的确甚是贴切。

第一重境界是无休无止的思念,第二重境界是无怨无悔的付出,而第三重境界,则是当你正值困惑找不到出路的时候,突然发现你所找的那个人就在不远处等你,你只需再靠近一点儿,就能够与之携手,那是何等欣喜和兴奋的心情。

年少的时候,我们什么都不懂,所以总会用尽全身的力气去爱一个人,以为那样就是爱人最正确的方式。所以初恋往往走不到最后,因为那时的我们不懂,太用力的爱会让人喘不过气来。更不懂一个人要爱别人,首先要学会爱自己,这样你才能拥有去爱别人的能力。

当我们逐渐成长起来,经历了足够的离别和伤痛,才会懂得,真正的爱,不是把对方紧紧抓在手里的爱,而是与他可以并肩行走,让他更加自由的爱。

5
说来也奇怪,在日常生活中,我们似乎很少会聊到关于自由的话题,但一旦牵扯到爱,往往就会提到自由:母爱之于自由,恋人之于自由,故乡之于自由。

这大概是因为，我们都是凡夫俗子，一不小心便会被爱蒙住双眼，一不小心，爱就变成了羁绊、变成了阻碍。

所以，请记得，无论你将要付出的是何种的爱，都不要超过你对自己的爱，因为你只有怀揣足够的自信和洒脱，才可能拥有淡定的心态和博大的胸怀。

母亲因为爱而舍不得为了理想远游的孩子，希望他能陪伴在自己的身边。妻子因为爱而舍不得为了事业要一展宏图的丈夫，希望他能为了家庭留在原来的小窝——多么稀松平常的情节。

你希望他呵护你的脆弱，却忘了他也有无助的时候。你希望他包容你的一切，却忘了他也会有心力交瘁的一天。你希望他为了你放弃梦想，却忘了你们当初共同的追求。

爱不是单方面的付出，更不是无条件的索取。不是你拉着他靠近你，或者他牵着你不放开，而是两个平等的灵魂纠缠在一起，共同生长。

所以我从来都不支持那些在恋爱中头脑发热，就决定"放弃一切跟他走"的男男女女，也不赞成什么"男主外女主内"的"合理安排"，因为有许多不够强大的灵魂，在这个过程中迷失掉了原来的自己。

迷失自己的过程，往往便是失去爱情的过程，也是失去爱人的能力的过程。

一个人连自己的灵魂都已经无力掌控，还有什么剩余的能量去爱别人？

6
所以，亲爱的，请原谅我永远不会爱你超过爱自己。

因为除了爱你，也为了爱你，我还需要许多时间和精力，不断提升自己的灵魂和思想，磨练自己的意志和心灵。

在爱情的路上，我不需要你停下来等我。

我要我们在每一个灿烂的清晨携手，以同样的姿态迎接那缓缓升起的太阳，在每一个温暖的夜晚，以同样的心情欣赏那一望无垠的星空。

只有这样，爱才不会变成对方的羁绊；我们也才可能因为爱情，而变得更自由。

致我那曾经无所适从的安全感

有这样一种姑娘,对于男性朋友温柔而讲礼貌,对女性朋友友善而大度,日常生活中,别人说什么她也不会恼,即使别人开她不合时宜的玩笑,她也只是看着对方的眼睛笑笑。

而如果她谈起恋爱,却变了一个人似的,对男朋友苛刻至极。每天要有电话短信联络,一个不如意就发小脾气;如果是很郁闷的事,就会玩起冷暴力,发信息打电话都不回不接。三令五申不准男朋友做的事,如果他还再犯,就会小宇宙爆发,像只被惹急眼的兔子。

这时候男朋友总是会有些很纳闷,之前认识那会儿,你不是这样的,你变了,你为什么要如此严格地对我。

我也曾经是这样的姑娘。

那时候我才二十岁,我的男朋友恰好是个细腻敏感的巨蟹座,总能洞悉到我微弱的感情变化。他答应晚上来看我，临时又变卦，那时候的我，还没有成熟到要尝试理解他有更多重要的事情去处理的程度，我冷冷地回一句"好"，他马上就打个电话过来，火急火燎。

我说你不来就不来，打什么电话。他说你发的短信一点儿感情倾向都没有，我完全不知道你是什么状态，当然着急。

我有一点做得还是很好的，就是无论多生气，也不会不接他的电话，因为我觉得那样很不礼貌。可是我给他打电话，他却会无缘无故不接，有时候甚至四五个小时以后才回复，我们的学校离得很远，一个在海淀，一个在朝阳。一个在西，一个在东。

我们为了类似的事情争吵过无数次，我的父母甚至提醒我，他是不是在学校有别的女朋友。直到我们走在他的学校门口，他突然甩开我的手，说不习惯在自己学校牵手。

我们两个星期没联络。
后来我们就一拍即合地分开了，也许是都觉得对方不合适吧。
我有很多东西在他那儿，全都不要了。他发给我的信息里说，希望过段时间我还能愿意见他，于是我换了电话号码。他再也没联络过我，我明白，一个人想要找另外一个人，除了电话还有太多的方法。不过没关系，我不需要再联络了。两年半的时间，无数的小争吵大矛盾，我们两个都明白了，自己想要的东西，从对方那里都得不到。

不过我不恨他，从那段感情里，我学会了很多东西。比如不能总站在自己的角度想问题，比如要试着理解对方的繁忙，当他没有时间陪你，你应该去做自己的事情，而不是一直想着他。

也明白了有些原则上的事情一旦发现就不用再继续了，因为那证明他并不是你要的那种人。

小姑娘慢慢长大了，经历也逐渐丰富了，自然就变了。变得不再对对方那样苛刻，变得不仅对朋友，对男朋友也大度起来。因为我终于明白，之所以会对他有数不清的小要求，都是因为自己还不够强大的那颗心，太需要对方给予的安全感。

不回短信，没有安全感；不接电话，没有安全感；看不到他，没有安全感；只要是不在一起的时候，全都没有安全感。

那时候真觉得北京实在太大，大到虽然在一个城市，却如同异地恋。后来我努力学专业，努力写自己的文字，我毕业了，我工作了，我也变得繁忙起来。

我日渐强大，充实自己，要做个为了梦想努力奋斗的人啊！这样你也会很忙，比他还忙，才能变成一个再也不需要男朋友给的嘘寒问暖，也可以生活得很好的姑娘。

从前的安全感，是他频繁的探望，深情的眼神，牵手的温度，不错过任何一个电话和短信，共度任何一个可有可无的节日纪念日，还有收到那些对他而言，价格不菲的礼物。我错以为他付出得越多，我的幸福就越有保障。可是我忘了,人是会疲惫的,这世上其实并没有一个人,能无止境地提供给你要的安全感。

因为你的不安全感,来自于你自己的不自信。

所以,现在我的安全感,是我安放在柜子里的研究生文凭,是躺在钱包里的银行卡,是出门的时候揣在兜里的钥匙——虽然有些轻微强迫症的我,就算放进了包里,还会翻出来检查一遍。但是,我再也不需要收到任何人的短信和电话、关注和嘘寒问暖,来证明我的重要了。

因为我终于明白,将安全感寄托在别人身上,最后总归是会失望的。

别以为你有多与众不同

某客户要做产品海报,给我提供了一个他的想法,俗得无法用言语形容,我不得不实话告诉他,您这样的想法早被别人用烂了,并在网上搜了几个失败的例子供他参考。

客户喃喃,觉得自己好不容易想到的完美方案,竟然早被别人用过了,并且还被用得那么差劲儿。他最后接受了我的建议,还不停地夸我有想法有水平。

——我只是看过的案例比他多一点儿而已。

想起自己曾经在画室参加考前培训,设计老师按照央美考试的要求,对我们进行设计的思维训练。就是那种给你一个主题,让你画出你能想到的相关物品,以手绘的方式在一张A4大小的纸上表达出来。

记得当年有几个题目是必练的,比如"爱""家的联想""过年"等等。

央美的考试一向以考思维著称，如果有很好的想法，即使画得不太到位也有可能拿到高分。在每年设计考试的优秀试卷集里，能看到很多这样的例子。

记得当时的画室有个我们都觉得很恐怖的老师，每次布置"联想"作业，动辄五十到一百个，没少受到我们学生的咒骂。

当时这样训练我们的那个老师，考央美的研究生N多次，都败在英语和政治上，最后听说放弃了。现在我已经研究生毕业，想起他来，才觉得他当年的做法实在是高明，从那个画室出来的孩子，最该感谢的就是他曾经如此"变态"的教导。

每天上交的作业，老师都会统一做讲评，那时候不觉得什么，现在想起来，我们确实是一群缺乏新意的家伙。

以题为"爱"的作业为例，每个人交上去的一百个联想里面，都少则十几个，多则二十多个与心形有关系。有的同学因为实在是觉得思维枯竭，想不出别的了，还会在爱心之上做变形和扩展，所以说是要做一百个不同的联想，其实很多都是大同小异的。

人的思维真的很相似，要想有创新，在考试中脱颖而出，就必须先把自己和别人差不多的想法排除掉，才可能有与众不同的结果。

时隔多年，我才明白老师布置一百个联想的用意，他不是在为难我们，而是在帮助我们找到跟别人不一样的方法。

只有以庞大的思维训练和素材准备做基础，把大家都能想到的东西全都排除，在此之上挑选整理出那些不一样的记下来，考试的时候，你才可能以此延伸出能拿高分的考卷。

在那些一百个联想中，每个人都只能找出寥寥几个跟别人完全不同的想法，有的人甚至一个都找不出来。当时班里有个人画了一盘饺子，全班都觉得很棒，而毛衣、手套、雨伞什么的，则很常见。

所以，别以为你有多与众不同，其实大家的思维都差不多。

记得有一次老师出了个题目叫"童年"。当时我连续几个星期思维枯竭，每次的作业都流入八十分行列，觉得很沮丧，所以那天誓要画一张跟别人都不一样的作业。想了好久，突然灵光一闪，画了一只小脚，放在妈妈的高跟鞋里，表示童年对美丽和成长的向往，当时觉得自己的这个创意真是酷毙了。

好不容易等到作业讲评的时候，结果老师说我这个想法是挺好的，但是只能算是"野路子"，在考试的时候风险大，也许分数高，也许老师一个没看懂，就完蛋了。

后来过了几年，我在网络上偶然看到一张插图，图中一个小姑娘，把脚放在妈妈的高跟鞋里，站也站不稳的样子。

你看，你想得再别致，总有人会跟你想到一起去。

所以，我认为，与众不同是个伪命题，那些特立独行的人，大多都是装出来的。除了天才和神经病，与众不同真是太难的一件事。

小时候总觉得自己是最特别的那一个，叛逆期的青春少年大概都是如此。慢慢长大了，经历了时间和生活，才逐渐明白，其实自己很普通。而得到别人的认可有很多种方式，所谓的与众不同，只是其中非常难的一种。

现在我做设计，早已不再追求与众不同了。电视里、网络上，各种媒体天天大呼小叫着要创新，我却觉得，只要好用好看，能被人接受和喜欢的东西，就是好东西。

当我不再追求与众不同，踏踏实实把注意力放在那些每个人都需要的东西上，反而发现，自己对与众不同有了更多的理解。

莫兰迪没什么与众不同，他只是尤其喜欢画瓶子而已。

陈景润也没什么与众不同，他只是在一个六平米的小房间里，用一支笔，围绕一个难题，废了六大麻袋的草稿纸。

马云在演讲里说自己，除了长得丑有些与众不同之外，他的成功来自于自己一直以来的专注。

不举例子了，整得跟写高考作文似的。

好吧，所以结论是，人生在世，保持成长远比追求成功更重要，而坚持自己，也远比追求与众不同重要得多。

每个人都在言说自己

在本科时候的一堂传播学课上,那位总喜欢上课胡侃瞎聊的教授曾经说过一句话,那堂课的具体内容我早已经记不得了,但这句话我一直记得真切:"每个人都在用自己的言说来表达或者重塑自己在他人心中的形象,他所言说的自己,多半是自己希望但还并未成为的'自己'。"

所以,炫耀自己多牛X的人多半自卑,炫耀自己有钱的人多半缺钱,炫耀什么就是缺少什么,这话没错。

会突然想起这句话来,是因为早晨看见一位本科出版系的同学分享了一篇日志,叫《过得别像个文艺青年》。文中说:"海子如果不在山海关卧轨,也许永远也没人想起读他的诗。然后我就想到了梵高射向自己的子弹……我觉得这是凄凉的终极,世人给予了他一世的冷落,却总要装模作样地给一个身后名让我们都不知道存不存在的异世灵魂去感触些什么……往往嘲讽他们的，是他们自己，他们习惯了互相攻击。你看骂那些文青骂得最狠的，多半就是另一个文青。"

我问同学，到底什么叫文艺青年，他回："看谁总说你是文艺青年。"

前段时间在公司吃饭，还跟同事讨论过这个话题，说一般文青都不愿意承认自己是个文青，而总觉得自己是个文青的，到处在人前表示自己是个文艺青年的人一定很"二"。

不知从什么时候起，在我们这一代人的价值判断里，诗人、艺术家、科学家、博士、文艺青年，包括鲁迅、但丁、浮士德、莫扎特等名词似乎全部都变成了贬义词，谁要是说自己喜欢读十四行诗，那肯定被人认为是装X（某电视节目为证）。

似乎这社会越来越容不得平日里低调的高雅，只容得下冠冕堂皇的低俗。

那好，广大网友助您低俗到底。就连早年从豆瓣流传出来的小清新小娇羞什么的，也早就被豆瓣中风靡一时的相册《没有什么小清新，全部都是女流氓》给毁了。而现在，就连"屌丝"这个充满幽默自嘲精神的词，也快要成为装X的代名词。

果然什么东西一旦流行，一旦变得大众，就成了渣渣。

从美院出来，少不了被人问到美院的情况，于是乎就会听到各种行业各种教育背景的人对于美院人的印象,或者说"遐想"。你会听到奇装异服、心理变态、行为诡异、性倾向不明……诸如此类的词。你想要跟这样的人解释解释,其实美院里都是正常人,于是进一步提到专业,他们又会发表更多让人无语的言论。比如:设计啊!那以后我们家装修就靠你了(本人专业和装修没有半毛钱关系啊亲)!还有想要我帮忙装修淘宝店铺的(你以为学设计的都是免费劳动力啊亲)!也有要我画画送给他的(你以为学艺术专业的都是活雷锋吗?每天闲着没事就画画送了这个送那个?)。

　　对于这些人,我只想做一件事:抽他。但是,无奈自己不巧是一个受过高等教育的文明人,只好保持沉默吧。

　　可还有看不懂的情商为负数者会继续死缠烂打——那我只好直接拒绝你了。真庆幸自己在吃过无数次亏之后,终于学会了作为一名独立自主的成年人不得不学会的必杀绝技:直接拒绝别人。

　　我不是一名精英主义者,但我宁愿相信真理是掌握在少数人手中的。因为大部分人并不是不懂或者没想法,而是愿意选择观望和保持沉默。

　　对于那些做点儿什么事就弄得尽人皆知,给自己贴上各种各样的"标签",见人就套近乎的人,我是不太爱搭理的。

　　靠谱的人要做个什么事,是不会恨不得拿个喇叭喊得全世界都知道的,那些喜欢瞎起哄瞎咋呼的人,都是只说不做的家伙,他们最后什么都做不成。

所以，即使我知道那些拿艺术理想美院印象套近乎的人只是为了表示自己对艺术也略懂一二，自己也是个拥有艺术理想的人，但我也只想说，对不起，你用错方式了，二货。你都不懂得尊重我们的行业，我跟你还有什么话可说。

想起曾经在某画室认识过一个北京妹子，也是想考美院研究生的。虽然和她接触不多，可我却总没有深入跟她交谈的欲望。她很乐意和画室那些考美院本科的孩子们坐在一起聊天，那些还不知大学为何物的孩子们，对美院心怀向往，对大学生活也满是憧憬。他们常常手上握着画笔，对着画板围坐成一个小圈，听着那位北京妹子一边吸着10块钱一包的黑鬼女士烟，一边对自己的大学生活侃侃而谈。从她嘴里吐出来的，永远是我们耳熟能详却买不起的牌子。她没车，却了解所有德国车、日本车甚至百万级跑车新出的各种系列；更让人佩服的，她还能对车的各方面性能、配置侃侃而谈，就像她对兰蔻新出的眼霜面霜的效果总还有诸多挑剔一样。

一次周一排位，她恰好坐在我身边。之前的周末我刚逛了华联，所以穿着刚在星期六买的一双红色皮鞋，她靠了过来，眼睛看着我的鞋子眉毛一挑："新买的？"

"嗯。"我往画板上贴着画纸。

"挺好看的，你有没有看过BCBG新出的红色连衣套装？跟你这双鞋挺配呢。"说实话,那姑娘长得不差,可你们能体会吗?每次她刚一开口,我就不想再看到她的脸了。

我无语,心里想着,你觉得我会买一套四千块的裙子却只穿五百块一双的鞋吗?

她见我不说话,接着侃侃而谈:"我也喜欢红色呢,PRADA(普拉达)那款红色长款的牛皮钱包你知道吧,好喜欢啊,一直好想买喔!还有COACH(蔻驰)那款粉红色的手包,好可爱……"

她在我耳边喋喋不休着,还记得那天是水粉风景练习,我一边蘸着颜料盒里的赭石颜料起着稿,一边说:"喜欢就买。"

笔上水多了,我拿起笔在抹布上使劲儿戳了戳。

"买不起啊!"她道。

姑娘,我当然知道你买不起。

"哦,我也买不起,不过,我不喜欢跟人讨论自己还买不起的东西。"

说完这句话,我就继续画自己的画去了。

那姑娘后来再也没主动和我搭讪过。

其实从本科的出版学院到研究生的设计学院到后来的创业公司,这样的人才总是少数。我身边的大多数同学同事们,都是挺有理想有追求的"优秀青年"。这些人专业不错,自己还有点儿兴趣爱好,也还怀着各自的追求和梦想。虽然他们不会表现得那么愤世嫉俗,也不会抱怨生不逢时,但他们会默默坚持自己的原则,有一个短期的目标并为之努力。

80后(这词是不是有点儿过时了),不是垮掉的一代。

比如我在美院的同学们，大多都是很优秀的，同学曾这样形容她自己和朋友："我们是不画画就活不下去的人啊。"她说这话时，我看着她的眼睛，听着一点儿都不觉得做作，觉得真的就是那样。不过在美院几年了，扬言说要为了艺术献身的，还真没有见过。我们同学都知道要先找一份养活自己的饭碗再谈理想。时代不同了，社会需要的是踏实做事的人。

整天说自己要考研参加所有考研讲座预讲精讲点题讲冲刺讲的人肯定考不上研，整天与人讨论说要创业怎么创业读着创业故事的人肯定连个项目都还没有，而整天嚷嚷要减肥不吃饭不吃零食的人肯定永远都瘦不下去。

因为真正要做的人，没空在这儿发状态立毒誓，也没空嚷嚷得全世界都知道，他们想做的时候就去做了。

虽然屌丝的时代也要过去了，千万个伪屌丝出现了，可我还是希望，这种乐观的自嘲精神能够引领我们这一代人走向幸福快乐的生活。

每个人都在默默地用自己的方式塑造自己的未来，不仅仅靠言说，更靠行动。环顾四周，你总会看到有那么一些人，一边假装安于现状，一边相信理想，踏踏实实地努力着。

真的不需要有人为你颠沛流离

上午随手打开人人网,看到大家都在分享一篇帖子,大致内容是感叹和呼吁有木有(网络用语:有没有)一个人"愿意为我'颠沛流离'"。

哎呦天呢,不知道作者是看言情小说看多了,还是天生喜欢装(某英文字母)的调调,虽然我并没有点开帖子继续看其中的具体内容,可是,我突然有一种莫名的想要骂人的冲动……唉,我还真是发自内心地讨厌这种假装小清新无病呻吟的标题党煽情帖啊。
不知道是何方神圣——你就这样教孩子?

我真的不反对你们发表文章表达自己对美好爱情的向往,可问题是,你为毛(网络用语:为什么)需要有人为你颠沛流离?!
孩子,你衣食无忧,除了读书学习没有别的担忧,你的父母把一切都已经准备好了,就差饭来张口衣来伸手,你还嫌不够,你还想要找个人来为你"颠沛流离"?

即使你的男友要为你去死(我还真有朋友遇到过这种事,吓得要死,之后就分手了,再也没联络)又如何,不能在一起相处和生活的爱,都是没用的,甚至是可怕的。

有位高中同学,读研的时候跟她以前在画室认识的男孩恋爱了。刚开始在一起的时候两个人是异地恋,因为很久不能见面,又一直靠文字和电话交流,两个人的关系一直很好也很稳定。后来男孩见女孩子还要读研,就来了北京,陪着女孩。当时女孩子虽然在读研,但是也已经有自己的工作,男孩却没有。因为两人是相同的专业,于是女孩想了很多办法给男孩提供自己单位的工作机会。可男孩子不知道是因为觉得自己长途跋涉来到这里,却给女孩子当下属受了委屈,还是工作能力就是欠缺,去了女孩的单位做了好几个不同岗位都做不好。后来女孩子为他操碎了心,也觉得实在是不合适,两人没过多久便分手了。

在这个故事里,男孩也算是为了女孩"背井离乡,颠沛流离"了,可故事的结局并不是那么美好。

我所理解的美好的爱情,是两个人相互欣赏,能力相当,能够在精神层面进行无障碍的沟通,并且能够一起去做一些双方都喜欢做的事。在一起的时候能够自然地达成一致的意见,不在一起的时候,双方也都有一颗忠于对方、笃定的心。

没有必要有任何一方非得为另外一方受很多苦,才叫爱。相反地,哪怕有任何一方总觉得自己委曲求全，那就算不上是合适的关系。所以我也一直认为，真正的男（女）朋友，其实是不需要一直"追"的。只要恰当地表达心意就可以了。因为一个人如果喜欢你，自然就会愿意和你聊天，愿意和你在一起；如果不喜欢，强追也没有什么太大的作用。

言情小说看多了，也许就会认为自己的情感生活过于平淡无趣；武侠小说看多了，自然觉得生活少了那么点跌宕起伏。可问题是，我们都是实实在在活在人间的地球人，那些所谓的颠沛流离，其实根本就不存在。谁少了谁不是一样地活？现在太平盛世的当代社会，哪有那么多生离死别惊心动魄啊？

想通了这些，才觉得人世间最完美的爱情，是相濡以沫、惺惺相惜的陪伴，陪伴对方度过平凡的每一天。

我的姥姥姥爷现在都已经八十多岁了，他们到现在为止还几乎形影不离。举一个小小的例子，我姥姥喜欢去超市买东西，而姥爷不愿意进超市，但姥爷又担心姥姥的安全，所以每次姥姥要去，都是姥爷骑电动车送她到超市门口，姥姥买完东西，再给姥爷打电话，姥爷就会再过去接她回来。寒假在家住，常看见姥姥坐在飘窗上晒太阳，姥爷躺在窗边的小床上，听姥姥念《快乐老人报》上的新闻给他听，突然就觉得，世界上最幸福的两口子原来就在我身边。还记得有这么一句话：找一个你喜欢与之聊天的人结婚，因为当你年龄大了以后，就会发现喜欢聊天是一个人最大的优点。这话说得真是太对了。

我所理解的幸福生活，是能够做自己喜欢做的事，爱自己想爱的人，走自己想走的路，并且为自己的每一个决定负责，永远不去后悔任何事情。

对于那个特殊的你，我也希望你能生活在快乐之中，希望你能吃饱穿暖，希望你身体健康，希望你想要的东西全部都能买得起，除了想泡的小妞儿泡不到以外，别的一切都能心想事成。我们如果偶尔发生了争执，一定能很快地和好，然后一起看电视电影，吃饭睡觉。

我千万不要是什么女中豪杰，你也不需要升官发财。只希望能够每天见得到你，想要牵手的时候，就能牵到你的手；每天上班之前，都能有个幸福的拥抱；下班之后，能一起吃顿营养美味的晚餐。

做别人无从替代的你

从北京到长沙，一转眼就工作了半个多月。在我决定回湖南之前，老妈曾不止一次地提醒我，说你从高中毕业就一直在北京，这样突然到长沙去工作很有可能会非常不习惯。可目前看来，我倒是觉得一切都蛮好。

首先是长沙的消费比北京低太多了，房价房租什么的就不说了，单说早晨的一块蛋糕，以前在北京的公司楼下有家"金凤呈祥"，买上一个蛋糕一份果汁，就要花上二十七八块，而我觉得长沙"马里奥"的三块五一个的小蛋糕比金凤呈祥半干不湿要甜不咸还油腻腻的早餐面包要好吃多了。

其次是生活状态，从前早晨十点上班，晚上七点下班，吃完饭回到家都快九点钟了，随便做点儿什么事情，再忙忙家务基本就要入睡了。其他重要的事情要等到周末才能做，而且去哪里都要耗费一天的时间。现在早晨九点上班，下午五点下班，晚上还有很多时间可以运动、看书、画画甚至逛街,一天的时间突然变得长了起来。

公司的同事也都挺好的,常常还会有家乡话出现。办公室里每天热热闹闹的,大家都有良好的心情。单位在麓谷这边,周围的环境质量和空气什么的,那更是没的说。

之所以会想到这些,是因为最近又到了开学的时节,不禁又想到了之前与家长探讨的那些关于是否回家的博弈。

家长们在茶余饭后的交谈之中,总是喜欢交流儿女的情况。似乎有一些不成文的条条框框,把大家拴在同一个标准线上,那就是:出国念书的比在国内念书的好,名牌大学的比普通学校的好,出国之后留在了国外的,那都十分优秀,回了国的,就不如留在国外的;在国内混的那些呢,留在北京的就很厉害,回家了,那就是混得不好;能进国企的孩子,就很牛,在私企混的,那面子上就不如国企挂得住;自主创业了,就牛,那些给人打工的,说出去就感觉没面子;考上公务员的,就很优秀,没有编制的,那又逊色了一筹。

前几天看罗胖的视频,说到人之所以不幸福,是因为心存妄念。其中提到了冯唐关于"妄念"的概念,即:如果你有一个期望,这个期望长期挥之不去,而这个期望的满足又需要别人才能实现,这个期望就是妄念。

看到这个关于妄念的概念,就联想到了关于在北京还是回家发展这个选择的问题。就连我现在的同事中,也有人觉得读了央美的研究生再选择回长沙发展,好像"挺亏"。

可是,什么叫"值"呢?如果我所追求的生活恰恰就是现在的状态呢？我始终觉得，无论身在何处，对于这个人本身来说，是没有任何区别的。

中国的教育一直要求人要"上进"，要"成功"，可是能不能让我们就去认真地做好一个快乐的普通人呢？

齐白石原来只是个木工，没有受过任何专业教育，快到六十岁才开始画画；莫兰迪一辈子窝在自己的小工作室里面画瓶子，却画成了二十世纪最受赞誉的画家。

很多"成功"的人，并不是因为追求"成功"而获得成功，而是因为他们比别人更加极致地做好了自己。

一个有独立人格的人，拥有自己强大的内心世界的人，他所拥有的自信和安全感，不应该是由自己身处的位置带来的。

家中的长辈们灌输给我的传统思想是：人首先一定要找一份稳定的工作，这样你的生活才能有保障。可在我看来，保障你生活的，并不是一份稳定的工作，而是你具备完成某种工作的能力，那些你所拥有的创造力和执行力，那些你所经历过的成功和挫折，在这么多年的学习和生活中，岁月沉淀在你身上的一切，才是你继续生活下去的源泉。

手捧金饭碗吃大锅饭的时代早就已经过去了，每个人要做的，不再是社会机器的一颗螺丝钉，用罗振宇罗胖的话来说，我们应该努力去做好一个小小的U盘，即插即拔，随用随插。在这个互联网的时代，人与人之间的协作方式已经改变了，每个人都追求效率，事实也的确如此：当你感到寒冷的时候，手边一件外套的作用，比一份题为《怎样抵御寒冷》的报告要有用得多。

当下的我们需要做的，不是找到一个可以依靠的大机构来保障自己的生存，而是不断完善自身，掌握更精湛的专业技能，找到自己最适合做的事情，做一个别人无法轻易取代的人，尤其是——机器无法取代的人。

不得不说，在技术不断进步，机器开始和人抢饭碗的今天，还指望依靠什么机构来保障自己的生活的想法会不会太陈旧？国家公务员都开始尝试聘任制，还有什么能保证你每天醒来不干活儿就有饭吃？你不能妄想再去做一颗不用动脑子、不思改变、只要待在那个位置就好的螺丝钉了，因为这颗螺丝钉随时都可能被替换，连同你所在的整个部件一起，被这个充斥着变化和不确定性的世界淘汰。

到那时候，你怎么办？
如果一个人的面子，需要靠自己所在的城市去撑起，一个人的安全感，需要靠自己所在的单位来提供，一个人的未来，需要在他人的话语中去找寻，那真是一件最最可悲的事情。
就如同之前提到的"妄念"，一旦你产生了依靠身外之物去找寻心灵寄托的想法，一定要及时打住，另辟蹊径。

婚姻也是一样，为什么许多男人在外挣钱，女人在家做家庭主妇的婚姻会崩溃？就是因为在那种状态下，有一部分女人无论经济上还是精神上，都依赖了身边的男人。建立在依赖之上的感情，天然就不对等，自然也不稳固。所以，思想跟经济都独立的女性，往往更有魅力。
如弗洛姆在《爱的艺术》中所说，不成熟的爱是"我爱你，因为我需要你"，而成熟的爱是"我需要你，因为我爱你"。

女汉子的素质，小娇羞的情怀

记不得是去年还是今年了，"女汉子"这个词在网络上悄然流行开来。

能够如此风靡的原因，大概是因为有为数众多的女网友，纷纷以绝对符合女汉子标准的霸气态度接受了这个"光荣"的称号，并在QQ签名、人人状态、微博等各种公开场合欣然自诩为"女汉子"。

网络上对于女汉子的解释大概如此：女汉子，一般行为举止不拘小节、性格开朗直爽、心态乐观、能扛起责任、内心强大、在生活中比较有气场、不爱化妆打扮、当着男生的面也能点超大份食物的姑娘……最重要的是，她们都没有男朋友。

环顾四周，这样的好姑娘还真不少。

她们性格开朗，自立自强，有自己的兴趣爱好，自己养活自己，甚至可以完全活在自己的世界里……也因此，她们都有一个最不忍直视的现状：没有男朋友。

内心太强大,个性太独立,果然也是不行的啊!

这个月底,是我一位"女汉子"朋友的生日。高中认识到现在有十几年了,我一直很喜欢她的个性。读研的时候,身边也有好几位一直找不到男朋友的"女汉子"。为了你们的幸福,也为了广大女汉子们的幸福,作为一个常在女汉子和软妹子之间徘徊,很难找到分类的边缘妹子,我决定提笔写下此文,送给身边的"女汉子"们。尤其还有另一位,十月份也要过生日的奔三姐!再不向软妹子靠拢,我真的怕你今后变成纯爷们……

首先,作为一名妹子,我也曾被朋友称呼为"女汉子",其缘由只是因为聊天的时候怒了,爆了个粗口而已啦。在此,鉴于这位朋友(我知道你一定会看到这篇文章的)对女汉子粗浅的理解,此处先鄙视你一秒钟。

下面先谈谈我对女汉子的理解吧。

"女汉子"是一种素质。

作为一名80后,我想说,其实女汉子是我们这一代的大部分女孩子都具备的一种优良品质。

因为接触网络很早,所以我们充分理解并运用了百度、知乎和果壳网的作用。因此在大部分遇到问题的情况下,我们遇事不用大呼小叫,只要打开电脑敲敲键盘就可以自己解决了。

我们独立。相对普及的教育让我们都拥有学习一技之长的机会,现在是大女子时代，再也没有女孩子希望自己依附于男人生存了。

我们坚强。有一千种发泄的方式，最多只需要一个星期，就可以默默收起自己的悲伤。挂科算什么，大不了重考，分手算什么，大不了在最要好的闺蜜面前哭一场。总之一觉醒来，又是一条好汉。

而对于女汉子朋友们，我最想说的是：你们能不能不要再宅了！

这也许不是所有女汉子的特质，但这一定是找不到男盆友（网络用语：男朋友）的女汉子们的特质。对于街头穿着蕾丝边，踩着十厘米高跟鞋的妹子们来说，她们这辈子也理解不了的是——为什么这个世界上会有另外一群妹子，抱着薯片看着《火影》就能过一天——那简直是另外一个物种嘛！

有个朋友的妈妈很着急：女儿二十六了，还没谈过男朋友，名校研究生，长得也挺美。可她没空的时候对着电脑编程序，有空的时候对着电脑看《火影》《银魂》《海贼王》。家里通过各种关系给她介绍的对象，总是加了Q聊了聊就没下文了：聊起天来那么无趣，这让我怎么能跟她过一辈子？

（对我说只要有电脑有宽带，外面的世界真是太无聊的某人，你也反思一下。）

其实我也非常宅，所以我有对付宅的方法，在此提供给你们，供广大想"脱宅"的同胞们参考：

方法一：断网（有用指数五颗星）。前段时间刚搬家，家里没有装网线的时候，我还去烈士公园和姑妈走了几天的大圈圈！自从装了网

线，就再也没去过了……（捂脸）

方法二：办一张昂贵的健身卡（有用指数四颗星）。本科毕业的时候花了几个月的生活费办了一张，因为心疼钱每个星期逼着自己去做瑜伽两次，后来搬家了，再也没去过。

方法三：找一个爱运动的室友（有用指数五颗星）。读研的时候，同宿舍的姐姐是有强迫症的处女座，好处是，如果她决定去游泳，天上下了刀子她都会去。于是，在她的督促之下，那段时间我每半个月起码去游泳三次。当时还是冬天！

当百度解决不了问题的时候，你敢不敢拿起电话打给一个想念的人？

其实，每个女汉子的内心都住了一个软妹子，当她遇到喜欢的他，内心一样会扑通扑通小鹿乱撞的。可软妹子此时一定是脸红低头百媚生，而女汉子一定是把目光停在距离他最远的角落。

我只想说，装X被雷劈啊亲！

当你遇到需要帮忙的事情，不！要！再！百！度！了！当他的目光朝向你，不！要！再！躲！开！了！当你想念他的时候，请你拿起电话，打！给！他！

收起那点儿小小的自尊，其实主动一点儿，不丢面子。

如果一定要说女汉子什么坏话的话，那就是这个了：女汉子们都很懒！

懒得洗脸，懒得穿内衣，懒得抹擦脸油，懒得下楼吃饭，穿着睡衣到处飘……更别说化妆了。出门前洗个脸梳个头照照镜子就自认为已经很对得起观众了。其实，你偶尔化化妆还是挺美的（某人，你知道我说的是你吧）。

好吧，不要再假装你没事了，不要再假装你很忙了，也不要再假装你不在意，不要再装了！

写到这里，我终于发现了事情的真相：女汉子们都是装出来的。

每个姑娘都有女汉子的一面，再坚强的女汉子也都有小娇羞的情怀。女汉子和其他姑娘的区别就在于——当东西太重，她们会咬咬牙自己搬；当受到挫折，会握紧拳头对自己说你必须自己面对。你们不知道的是，在太多依靠自己的同时，冷落了身边那些愿意帮你的人。

其实偶尔暴露出一点儿小娇羞的情怀，满足一下男人们的虚荣心也是不错的。其实男人比女人更需要自尊，就算是我们女人比他们男人更坚强吧。

所以我会说，不是女汉子们不够优秀，而正是因为女汉子们太强大，才把身边的男孩子都吓走的！

坚强独立并没有错，可你们的坚不可摧却让男孩子们的英雄情结无处发挥，所以他们只好去找那些更需要保护的软妹子啦。

预祝身边所有的好姑娘，都具备"女汉子的素质"拥有"小娇羞的情怀"，早日脱单，Happy ever after（从此过上幸福快乐的日子）。

文●狸奴老妖

最 好 的 自 己

> 每个人都是独自上路的行者，且行且成长，可以变得强大而从容，会遇见更美的风景，也会遇见更好的那个人。去期待，去付出，去坚持，等着在未来可以拥抱那个变得更好的自己，哪怕平常，也不要放弃等待绽放的那一刻。

世界上最美的相逢，从来都是相互共赢

一日同Y小姐聊天，Y小姐各种唏嘘感叹：昨日同一学姐喝茶，学姐人好看，家境也好，工作清闲，老公又有钱又长得帅气对她还好得不得了……

我笑："你也说她好看家境又好了，找到这样的老公不是很正常吗？"

Y小姐对我的回答很是不满："不是吧？我觉得最主要还是心态，她整个人看起来就特别有魅力。"

可是，若不是她生活如意，哪里会有那么好的心态呢？

一个人的状态，往往最为直观地反映出她最近生活是辛苦还是适意。

而她生活适意，也往往是因为她自己足够好，是她应得的罢了。

平常和闺蜜们聊天的时候，总会有人感叹，身边有谁谁，明明长得不怎么样,找的对象却是又高又帅又有钱——这句话的潜台词,往往是,我觉得我比她好多了,我怎么就找不到呢?

有次毒舌如我,贱兮兮地回了句:你怎么知道人家就不怎么样,也许确实长相不佳,但是或许她家里条件好呢?或许她温柔似水会持家厨艺一流呢?再或许,她床上功夫好呢?

对方无言,只说,你讲话能不能不要这么露骨?

每个人的一生中,或许都有一个重要的使命,那就是——于千千万万的陌生人中,找到那个能够与你相伴一生,不离不弃,相濡以沫,历经岁月的各种艰难,依然能够在年华老去的时候携手缓缓而行的人。

我们期待着,守候着,恨不得自己有孙大圣的火眼金睛,在人群中能够一眼就认出他来,然后直接冲过去抱住他恨恨地说一声:"该死,这些年,你都躲到哪里去了?"

有人是幸运的,很早就遇见了那个人,从青春的懵懂一直到婚姻的殿堂,哪怕是生活的油盐酱醋也没有让他们厌烦,就算当初的激情退去,也依旧有足够的坚持继续走下去。

有人的运气就没有那么好,将最美好的年华错付了,身边那个曾经信誓旦旦的人儿,到头来却只剩下一句不爱了。还有更难堪的是,他在你不知道的时候早已另结新欢,难过、不舍、泪水、挣扎,都无法挽留。

有人倒是随遇而安,优哉游哉地准备过一辈子快乐的单身生活,却冷不防就在某个路口的拐角遇见了谁,然后就走上了生活的另一个轨道。

还有很大的一部分人，一直在等待着，属于自己的最美好的相遇的到来。

　　在古代，女子的任务是操持家务，管理家事，还有传宗接代，所以，贤惠、体贴、好生养才是第一要义。

　　现代的姑娘们，大都是金刚芭比，需要把自己打扮得赏心悦目，又需要拎着公文包穿着高跟鞋走在车水马龙的马路上如男人一般挣钱养活自己。

　　有些姑娘累了，总想着要找个男人，似乎，有了个男人，便解决了生活中的一切烦恼。

　　于是，总有那些急着嫁出去的姑娘们在不停地抱怨为什么我总是遇不见那个我想遇见的人？

　　原因很简单，除了缘分还未到之外，我想，更重要的是，你自己的价值，还远远未达到让你想象中的那个完美男人满意的程度。

　　这个世界上，没有人是傻子，你眼中不般配的一对人，总是会有一些你不知道的故事。即使真的有些平凡普通的人有着优秀出色的伴侣，那也必然是因为对方有着你没有发现的好处。退一万步讲，就算是这个人有千般不是，也有人会因为和他在一起便感觉幸福，与你何干呢？

　　我一直以为，这世界上最美的相逢，从来都是相互共赢。

　　无论是你想要遇见的那个，还是想要遇见你的那个，最美好的事，是遇见彼此，你们的生活会因此变得更好。

或许，你认为我简直是胡言乱语，这也未免太现实了一点儿吧？

可是爱情和买衣服其实也有着那么一点儿相似。若一件衣服又贵又难看，你自然是看都不会多看一眼。若一件连衣裙好看得简直如同童话般不真实，价格你也能够承受，但是穿在你身上却是一场灾难，将你不够纤长的脖颈不够款款的腰肢等身体的各种细微缺陷暴露无遗，你还会买它吗？

每一次出门逛商场的时候，见到琳琅满目的美丽衣服们，每个人都会挑花眼，恨不得将它们全部带回家，可是，最终在试过了一件又一件之后，能够静静地躺在你手中购物袋里的，必然是适合你，你又能够负担得起它的价格的。

就如同我在另一篇日记里所说，要自己足够好，才能担得起更好的一样。我总是以为，总有一天，你遇见的那个人，会成为你的锦上花，而你，也必然会是他生命中最靓丽的一道风景，这样，才算得上是最美丽的相逢。

我不需要我爱的人垂怜我。我不希望在我爱的人眼中我是暗淡无光的。我希望，我能够成为成值得我爱的那个男人欣赏并且真心赞叹的女子。

要自己足够好，才能担得起更好的

早上群里一群男女在讨论找对象的问题，我想或许是年关将近，大批单身的男女们都为即将面临一波波的相亲有点儿焦虑。群里大都是姑娘，于是话题渐渐地转向了找一个什么样的男人这个话题上。

有姑娘问，怎么样才能判断出潜力股？

写惯了财务分析的土豆姐，老老实实地从资金、报表上给出了一堆答案。我大笑不已——这姑娘问的是，怎么样判断一个男人是不是潜力股啦！

可是，为什么一定要在乎别人是不是潜力股呢？

姑娘说，比如说女的现在六十分，男的五十分，怎么样才能判断他以后会不会升值，变成七十分呢？

我回：你得先确定你自己是不是潜力股，要不然等他七十分了之后，说不定人家到时候就看不上你这个六十分的了。

就如同那句话所言：男人没有能力，才会怪女人现实；女人没有魅力，才会怪男人花心。

无论如何，你得先确定好自己有足够的价值被人喜欢，才会担当得起足够好的男人，人生亦是如此。

就如同群里另一个人说的，在地铁上看到一对奇葩男女对话，男的说："那女的给我花了好几万，我为什么不能陪她睡几觉？"女的说："难道我给你花的比她少吗？"

这时候往往有女人出来控诉这男的是渣男，不是人，该拖出去乱棍打死。

痴心女子薄情汉，这种事再寻常不过。

我一针见血地说，可是，这样子的后果，不是女的自找的吗？这男的肯定长得好看，女的肯定一般——结果果然如此。

当然外貌只是最浅显的能够被人一眼看出的价值，却不得不承认很多时候，这是相当重要的一方面——尤其是，你性格上没有其他的闪光点来弥补外貌的不足的时候。

一个五十分的人，偏偏有八十分的人在身边，大半都是因为对方别有所图。若是你心知肚明也就罢了，怕就怕明明清楚结果却偏偏歇斯底里怪别人不够爱自己。

土豆姐说，女生自己够优秀才能让自己想要的男生爱上自己。确实如此，不管是长相、气质、工作能力、为人处世的能力、性格上的闪光点、生活习惯、人生观念，甚至家务能力都可以成为判断一个女生的价值标准，综合而言，自己又能够得到几分呢？

如果一个女生长得又丑还又懒又馋，还偏偏总是抱怨自己找不到合适的对象，说自己外貌协会，说别人没车没房，说别人对自己不够上心——那不是开玩笑吗？

无论从经济上还是社会上来说，男人其实在爱情中都是占据主动的一方，都会在求偶过程中付出，不论是金钱还是时间，如果一个男人不愿意付出，很可能是因为他没有能力，但是即使他穷，还是能挤出时间陪你轧马路的不是？所以往往最大的一个可能性是——他不认可你的价值，认为你不值得他付出。

关于潜力股，土豆姐说：我觉得踏实、不较劲儿、上进的男人混得都不会差。但是，如果一个男人真的是你眼中的潜力股，你确定你能HOLD住他吗？你确定自己的成长速度可以同别人保持同步吗？你确定等他爆发了之后，你同他还可以站在一个高度遥望风景吗？

有很多人，明明知道自己的价值和别人根本不对等，还是摆出一副我就是喜欢你，我喜欢你与你无关的架势。有位群友如此评价：妄图用自己的付出去换来同等的感动，这是悲催的爱情观，跟肉包子打狗没什么分别。

就是这样，我始终认为，爱情是相互的，一个人的，那不叫爱情，那叫单相思。男神也好，女神也罢，如果他不属于你，那么不管他是好得天上有地上无，对你来说，他等同于零。

很多时候，爱情真的需要缘分，兜兜转转了那么多年，也不一定能够遇见合适的人。但是自己要清楚，自己价值几何，自己的闪光点和不足是什么，自己适合什么样的人，同时，不要忘记，在适合你的那个人没有到来之前，要一直不断地提升自己，把自己变得足够好，才可以遇见你想要的那个更好的人。

不要委屈了自己，同时，不要让别人觉得，选择你也是一种委屈。愿每个对爱情心怀期待的人，都能够找到相伴一生的人。

是的，我不想做一个自己都看不起的人

昨天一直在下雨，淅淅沥沥的，到处都是湿哒哒的。

下班的时候，路过花卉市场，恰逢各个摊主都准备关门，阴暗的天气里，看着那些色彩缤纷的郁金香、茶花、风信子以及各种形状和浓淡不同的绿植，莫名地心情好起来，便踩着泥泞走了过去，转悠了一圈之后，选了两盆小小的绿植。

举着伞，抱着那两盆植物往家走的时候，突然间发现，是的，我又一次，把钱包里的钱花完了。银行卡里只剩几百，那是预备着周末给同学结婚的礼金。

去年年底，我终于下定了决心，用今年一整年的时间，攒钱，然后离开我生活的这座小城，去一个大点儿的城市，开始新的工作和新的生活。

在家的时候，因为薪水低廉，因为我一直都没有什么欲望，没有刻意去存钱，所以工作一年多依旧是身无分文。

一月的工资，我存了一千块，周末去了趟南京，看望了许久不见的闺蜜，于是又恢复到了一贫如洗的状态。

晚上躺在床上，拿着书看了许久却怎么也看不下去，脑海里各种念头纷纷张牙舞爪地窜出来。我不知道自己在想什么，我不知道自己的状况有多糟糕，我不知道，自己该如何接着走我未来的路。

我知道，很多人在面对生活中的种种困惑的时候，喜欢给人写豆邮，希望得到别人的建议或者鼓励。

对于这件事，我一直很不好意思，觉得贸然地跟别人叨叨自己的那点儿破事不太有礼貌，而且，总感觉自己的人生应该自己去负责，怎么可以轻易把决定权交给一个网络上的陌生人？

但是，有些网络上的朋友看起来还是很靠谱的样子。

于是，我在电脑前坐了三个小时，一点儿一点儿憋出自己那些很想要跟人诉说却一直找不到合适的诉说对象的话。

上午收到豆友的回复，一点点地看完，很多句子都很戳心，看得我差点儿就泪流满面。朋友很干净利落地总结我乱七八糟的叙说，将我的现状拎得很清楚——不甘心，想出去，没有钱，即使出去了也不知道该干嘛。

用两个矫情的字眼来形容，迷茫。

他给我的意见很中肯，而且可行度很高。最戳我心的是，是他说：最关键的，是心态。

是的，我想，我之所以迷茫，并不是真的不知道自己该做什么，而是我其实一直在质疑自己的所作所为有何意义，所以才一直下定不了决心去实施我的那些计划（听起来是好明显的借口……）

周围所有的人都在说，你年纪也不小了，为什么不找个合适的人就嫁了？为什么还贼心不死地想着要出去闯荡？

他们说，就算外面工资高一点儿，吃住什么的都要花钱，还不如家里过得舒服自在。

他们说，你又没有多大本事，就算心比天高，出去了又真的能混出头吗？

他们说，女孩子，何必要跟自己过不去？

他们说，你看，那谁，那谁谁，不是跟你差不多，人家现在娃都有了，日子不是过得很好？

他们说……

于是，我总是在一遍又一遍问自己，自己想要的到底是什么？去一个大点儿的城市,又能够给我带来什么?如果出去了,但是混得很惨,过得并不比现在好,我要有怎样的信念才能够坚持下去?我想要抵达的终点,到底在哪里?

这样子的困惑,在看到朋友给我的回复后,恍然间就明白过来了。原来,我一直纠结的那个问题,其实,根本就不是什么问题,只是我自己没想明白而已。

他说:"人活着,不过求的就是自己看得起自己。有时候我们忍住的那一口气其实就是在和内心里的自己去抗争而已。而有时候,你内心的自己松一口气,你就会觉得,其实没什么,何必呢!别人吃喝玩乐,结婚堕落,你总是苦兮兮生活,何必呢?别人赚钱花钱,买房买车,你总是谈理想梦想,何必呢?

"人活着,其实就是活给自己看的。我不想做一个连自己都看不起自己的人。

"所以双脚磨破也要一直走下去。所以孤单一个也要一直走下去。"

是的,我想要的,不过是不要成为一个连自己都看不起自己的人。因为深深地明白,如果一直留在家中,在十年之后,我能够成为的,只可能是一个满脸油光、只知道尖着嗓子跟人吵架、跟人东家长西家短、只知道打牌搓麻将的世俗的农村妇女。

我知道，我不想成为那样的人。

我知道，生活终将有一天会走上世俗。

我知道，所有人总有一天，都会面对柴米油盐，都会面对洗不完的衣服拖不完的地板，都会面对和丈夫、孩子之间的吵闹和烦心。

可是，我不希望，自己的生活中，仅仅只有这些，我不希望，在坠入这样生活的时候，我自己一无所有，什么都不是，连一个模糊的标签都没有。

是的，我看不起那种空洞而且麻木的女人。所以，我要努力一点儿，再努力一点儿，不要让自己成为一个连自己都看不起的女人。

"所以双脚磨破也要一直走下去。所以孤单一个也要一直走下去。"

你的人生是你自己的，除了你没有人有义务为你负责

我有个女友，是我高中的同学。该姑娘斯文内向，幽默风趣，勤奋努力。当年学的是师范专业，一心想成为老师。毕业后在我们当地很出名的一家公司从事文职，却一直想着重新回到教师的岗位。后来，她终于有了这个机会。

临行前，这姑娘来跟我告别，说起这件事，颇有些为难。我问她怎么了，她说有人说她闲话。因为姑娘的工作是男朋友的亲戚帮忙找的，她这次也要去男朋友那里。我说，那很好啊，工作和爱情二者可兼得，可不是人人都有这样的机会。姑娘说，有人说她放弃了自己现在的生活，去投奔一场还不知道结果的爱情，人家说她都是为了她男朋友。

这人纯属的羡慕嫉妒恨好吗？现在的生活，既然不喜欢，为什么不可以放弃，更何况是去做自己喜欢的事情，去和自己喜欢的人在一起。我知道，这个姑娘一直很努力，而且，是为了她自己的人生。为了自己的人生去努力，去尝试改变，有什么不可以，为什么要在乎别人的流言蜚语？

这个道理看似简单，其实明白的人并不多。

总有人一直在不停地抱怨，找不到好的工作，是因为家里没有靠谱的关系；有了工作不受人重视，是领导没有眼光故意整自己；谈不好恋爱，是对方太极品，太自私……总而言之，全都是别人的错，跟自己没有半点儿关系。

最糟糕的是，这样的人，看见自己的朋友有了晋升机会，会各种羡慕嫉妒恨，各种不满，言之凿凿地认定他是有什么黑幕，看见自己的朋友恋爱生活兼得，会认为别人都是不配。

我一直觉得，所有人都必须为自己的人生负责，不管是"人生规划""职业规划"，还是"生活规划""感情规划"都必须是自己经过慎重考虑下定决心然后为之奋斗努力的，不能全然将责任推给别人。

你要考什么样的大学，要找什么样的工作，要找什么样的对象，以后要过什么样的生活，都只与你自己一个人有关，别人无法替你做决定，也无法替你承担生活失败的责任。

所以，如果你想成为一个写作者，就要努力多看书多写文章多投稿，而不是只抱怨自己没有灵感抱怨自己没有时间。

所以，如果你想考上公务员，就要从今天晚上回去就开始看申论，做行测的试题，而不是整天抱怨社会有多少黑幕多少潜规则，抱怨自己没有关系。

所以，如果你想找到合适的对象，就要时刻让自己看起来至少大方整洁，要学会在任何场合都显得优雅得体，学会去爱别人，学会替别人着想，而不是各种矫情各种做作，然后抱怨好累，再也不会爱了。

努力、在一起和相互喜欢都不是一回事

微博上有个关于任泉的段子,有记者问:"你最喜欢听什么话?"答曰:"我们知道他一直很努力。""最不喜欢听到什么话?"答曰:"你们知道他有多努力吗?"

由此可见,努力,在这个年头,并不完全是件好事。

有一本新上市的书,你明明知道很烂,你不会因为这个作者出这本书有多努力就会去买。

有一部新上映的电影,所有人都说是烂片,你会因为导演有多努力就去掏钱看吗?当然,如果是别人掏钱也无所谓。

有一个人,你觉得他/她会因为你有多努力地追他/她,为他/她做了多努力的事情就会喜欢你,就会和你在一起吗?就算是在一起了,你觉得,那就一定是你们相互喜欢吗?

努力和在一起以及相互喜欢,根本就不是一回事。

今天看到薛好大同学微博上的一段话，就顺便转了：越来越不喜欢西天取经式的爱情，非要经历艰险磨难方显其珍贵？现实中好的爱情哪一桩不是彼此对上暗号就愉快地决定在一起了？接下来的课题就是怎样一起把生活经营得舒适安逸并且多存点儿钱。那些要用很大力气证明的其实我很爱你，一点儿都不牛X，只能说明你们根本就不合适。

我喜欢的从来都是水到渠成的感情，你看上我了，我看上你了，那就在一起好了。也曾经近乎执着地喜欢过谁，各种狗血桥段连番上演，最后还是抵不过对方的一句："我不会喜欢你的。"

也曾经被人莫名其妙喜欢过，每次人家都会说："处处也许就会喜欢了，感情是可以培养的。"每次都是几番挣扎后还是选择了一口回绝，并且近乎绝情地断绝和对方的联系。

会不会喜欢一个人，于我而言，往往在见到对方三十分钟后就可以判断出来。通常在腐女的眼中，男人只有两种，即攻和受。不过偶尔我也会切换回正常模式，于是男人还是只有两种——我会喜欢的以及不会喜欢的。当然，会喜欢和喜欢也是两回事。

并不是我有多么外貌协会，我承认，我只是偏好个子高一点儿的男生，长相倒觉得只要不娘就可以。也不是我有多么迷信一见钟情，只是我从来都很清楚地知道，自己会被什么样的人吸引，这是很容易判断出来的事情。

好了,下面开始切换正常模式。

1.如果你长得还算漂亮,估计会有很多人追你,其中一种叫作有钱人。你和他在一起了,那就是喜欢吗?不,也许你只是喜欢他的钱。当然,这没有什么不可以。

不过最完美的是,你喜欢一个人,他刚刚好很有钱。

2.他对你很好。这是很多女生的软肋,但这也并不是喜欢。你只是刚好累了,想要一个人依靠,只是被别人伤害了,想要一个温暖的怀抱而已。

当然,最好的,还是你喜欢的那个人,对你很好。

3.你觉得他条件还行。身高、长相、学历、家庭条件,都跟你很般配。你爸爸妈妈喜欢他,他爸爸妈妈也喜欢你,都觉得你们在一起再好不过了。可是,在一起,又总是觉得缺少了点儿什么。

因为你不喜欢,他再好,都没有用。

有人会说,这就是作死的节奏啊?这样子永远都嫁不出去了。是,如果你的人生目标是在适当的年龄,遇见一个合适的人,然后结婚、生子、过日子的话,那么,只要找一个靠谱的人就可以了,你完全不用考虑你是不是喜欢他。

大部分人都是这么过的,他们都觉得爱情和婚姻是两回事,爱情已经虚掷在过去的青春里了,只要时不时偷偷拿来缅怀一下就可以了。至于婚姻,找一个条件般配的人,一起过日子就可以了。

有些人，努力去追求他们喜欢的那些人，哪怕为此伤痕累累也在所不惜。有些人，似乎从来都没爱过，似乎一辈子都在做填空题，什么时候该做什么事，一个都不落下。

没有什么对错，也没有什么谁比谁幸福。幸福这种东西，从来都是只有自己才知道。

喜欢和努力没有关系，和在一起没有关系。

并不是说，男人不用努力去追女人了，要知道有些女人是喜欢矜持着，要看到你的努力才肯放心地把自己交给你。

也并不是说，努力地喜欢一个人是没有意义的，如果你觉得陪在他身边为他付出很多让你觉得快乐，那么请随意。如果这让你痛不欲生的话，亲爱的，还是爱自己更多一些吧。什么是喜欢呢？我相信，只要你不是傻子，你总会知道。最好的事情，是你喜欢的那个人可以喜欢你，然后你们在一起生活，一直到最后。

可是，并不是所有人都是那么幸运。但愿你和我都可以成为那个幸运儿。

与其不停地羡慕别人，不如踏踏实实地走自己的路

昨天有个高中的学姐加我的QQ，我很激动地跟办公室里的姐妹们说："哎呀，这个姐姐好厉害的，当年是我们高中时候特招班的，成绩特别好，后来考到了中国传媒大学，然后回家来开了家店卖婚戒，第一个月的营业额就是好多好多，动不动就出国，这里玩玩那里玩玩，生活得不要太好……"

还没等我巴拉完，我的领导大人来了一句："我发现你总是在不停地说这个厉害那个厉害，然后觉得人家的生活怎么怎么都好，自己过得是多么多么苦。"

我在那一刻恍若被人用一盆凉水兜头泼下，张了张嘴想要为自己辩解些什么，却发现，好像事实就是这样。

我总是在羡慕别人，总是在抱怨自己的生活不够好。

我羡慕同学A，因为她和学霸男友谈了五年的异地恋都没有分手，因

为她考上了同济的医学院研究生，终于去了男友的城市。

我羡慕同学B，因为她大学的时候就成了学校很牛的人物——同样是学新闻的，她从大三开始拼命努力，终于以第一名的成绩考上了梦寐以求的中国传媒大学研究生，现在可以在央视在凤凰卫视实习，还找到了学霸男友。

我羡慕同学C，因为她学的是我想要学的中文，一直在上学。她家境好，人又好看，去云南读了研，然后又考上了公务员。

我羡慕同学D，因为同样是一起毕业，她在公司里表现很出色，工资翻了一番，各方面的能力都被人认可。

我羡慕同学E，因为她终于离开了自己不想待的公司，去了一家私立学校教书，成为了自己一直想成为的老师，薪水涨了很多，又可以和异地的男友住在一起。

我羡慕姑娘F，因为她一直很有勇气，大二的时候离开学校自己去上海闯荡，学了很多东西，认识了很多人，给人画图，自己开淘宝店收入颇丰，又遇见了正好的那个人索性结了婚，现在每天晒自己儿子的照片。

我羡慕很多人，因为她们书读得比我好，工作比我好，感情方面也比我好。

……

人常说，越在乎什么，就表示越缺失什么。我心心念念地不停地跟人说着，我这个同学好厉害啊那个同学好厉害啊，只是因为，我没有像他们一样，继续念书，考上当初我想要考的学校；只是因为，我从来没有好好谈恋爱,所以直到现在还没有对象;只是因为,我对自己现在的生活不满,而又不肯努力并下定决心去改变它。

是的,我知道,这些姑娘都远远比我努力得多。

A在医院实习的时候还坚持看书,一个科室一个科室地到处被人赶,有一点儿时间就用在了复习上,而且她一直在追赶着男友的脚步,因为不想跟他差距太远。

B从大三开始就几乎屏蔽了所有和外界的联系,一心用在了复习上,她第一名的成绩,不是白白得来的。

C也一直在努力复习,各种考试轮番着参加,当初没有考上南师大,调剂到云南的时候也曾经心有不甘,然而现在她依旧在不停地考试,从未停止过。

D工作一直很拼,跟人勾心斗角哭到不行,加班加到很晚,喝酒喝到胃疼。

E每天都要上很多的课,从一个教室不停地转到另一个教室,面对小孩子有烦躁有抱怨,但是她说,年轻的时候就应该拼命一点儿,以后才会过得好一点儿,虽然很辛苦,但是看到工资单的时候会很有满足感——在我们这个小县城,我的薪水是两千,而她可以拿到五六千。

……

而我,高考的时候没有发挥好,大学的时候也从来没有好好学习。报名了计算机二级考试,结果没有去考。报名了教师资格证,结果没有去考。翘掉了两次六级,直到大三才把六级考了。甚至,报名了研究生考试，也在考试前一个星期被我翘掉了。说要考公务员，结果也没有考。年前做人事工作的时候，打算去考个人力资源管理证书，结果都辞职了还没有准备考试。

我总是信心满满地计划很多事情，然后一项一项地不去做，然后不停地羡慕别人比我厉害，不停地抱怨自己这也不行那也不行。

即使是现在，我说着自己要好好看书，好好写字，要写短篇给杂志投稿，要争取赚稿费——可是依旧没有写出一个完整的短篇，依旧没有给杂志投过一篇满意的稿子。

如果继续这样子下去，我还是会什么改变都没有，会一直在这个小县城里过着重复的生活，会成为一个我不想成为的一手抱着孩子一手打麻将的女人。

既然知道自己想要做什么，知道自己的目标是什么，就好好地踏踏实实地一步一步去走就好了。哪怕所有人都跟你说："有什么用呢？你不过是普通人，想那些有的没的，还不如找个家里有房子的人老实的男人嫁了算了，你也不小了。"

哪怕自己写的东西并算不上好，可是，这是这么多年我唯一喜欢并且坚持下来的东西，是我历经了所有难以承受的事情之后依然想要去做的事情，所以，为什么不一直坚持下去呢？

突然间发现我所羡慕的那些人，其实都是我理想中的自己。我很庆幸，自己的身边，都是这些可爱的优秀的好姑娘，她们都光芒万丈，都闪闪发光，而我不应该只是羡慕，该去踏踏实实地做好自己想要做的事情。趁着自己还不算年纪大，趁着自己还有梦想，不要再继续蹉跎岁月，不要再继续自甘堕落。

那么些年，我一直在抱怨，抱怨自己家庭条件不好，抱怨自己长得不好看没人喜欢，抱怨自己这样也不行那样也不如人家。我忘记了，无休止的抱怨从来都不能改变什么，只会让生活越来越糟糕，只会让自己一日日陷在泥沼里不可自拔。

看很多很多书，勤动笔写很多很多字，多思考，多关注——我想要做的，不过如此罢了。我想要的，不过是在阅读和书写中让自己更加直面自己的人生，让自己在岁月中越来越从容安定，越来越睿智聪慧罢了。

所以，我会一直努力下去的。希望你也是。